잔치국수. 분천. 어린 농부

잔치국수. 분천. 어린 농부

초판 1쇄 인쇄 2022년 10월 1일
초판 1쇄 발행 2022년 10월 4일

저   자 강명희
발행인 박지연
발행처 도서출판 도화
등   록 2013년 11월 19일 제2013 - 000124호
주   소 서울시 송파구 중대로34길 9 - 3
전   화 02) 3012 - 1030
팩   스 02) 3012 - 1031
전자우편 dohwa1030@daum.net
인   쇄 유진보라

ISBN | 979 - 11 - 90526 - 92 - 0 *03810
정가 13,000원

도화道化, fool는
고정적인 질서에 대한 익살맞은 비판자,
고정화된 사고의 틀을 해체한다는 뜻입니다.

잔치국수. 분천. 어린 농부

강명희 중편소설

도화

목 차

◆◆◆ 작가의 말

독일에 열흘 머물 기회가 있었다. 독일에는 꽃다운 나이에 건너간 광부와 간호사들이 노인이 되어 살고 있었다. 언제 어디서나 우리 것을 지키며 억척스럽게 살고 있는 그들의 삶이 내게는 큰 충격인 동시에 감동이었다. 독일에 살고 있는 한국인 한사람 한사람이 다 개인사 이전에 한국의 역사였다. 귀국해 이들의 삶을 『잔치국수』로 형상화해 보았다.

이 작품은 독일 휴양도시 네테탈에 거주하고 있는, 부안이 고향인 정자님의 도움을 받아서 썼다. 비록 내가 썼다지만 정자님이 거의 다 써 주었다고 해도 과언이 아니다. 필요한 자료를 열심히 수집해다 주신 정자님께 이 자리를 빌려 감사 또 감사드린다.

작년에 시골집 하나를 빌려 이곳 분천으로 귀향했다. 공부하기 위해 도시로 흘러들어온 후, 대학을 졸업하고, 직장생활을 하고, 결혼을 하고, 아이를 낳고, 그 아이들을 공부시키고 나서 다시 시골로 내려오기까지 40년이 걸렸다.

생명이 있는 것은 모두 다 흙에서 나서 흙으로 돌아간다. 농사는 그 자연현상을 직접 눈으로 보여준다. 식물의 세계는 작은 인간 세계다. 그 세계를 들여다보며 인간은 그들에게서 순환과 순응을 배운다. 그리하여 자연 한가운데서 우리는 겸손해지지 않을 수가 없다. 저들은 태어나서 사위는 것을 몸소 보여주는 인간의 스승이다.

오래 전부터 농사 이야기를 쓰고 싶었다. 「어린 농부」는 우리 집안의 치부일 수도 있고 원동력일 수도 있는 이야기다. 할아버지가 중학교 때 공부하는 내 곁에 앉아서 나에게만 해 준 이야기를 나 혼자 끌어안고 있을 수가 없어 「어린 농부」로 풀어놨다. 아마도 지하에 계신 할아버지도 당신의 이야기를 누군가가 해 주길 바랄지도 모른다. 이 책은 밭고랑에서 나서 자란 내 유년의 이야기로부터 지금 현재의 삶까지 다 들어있다.

한 권의 책을 낼 수 있을까 노심초사하던 것이 어제 같은데 벌써 네 번째 책이다. 문학에 대한 열정이 가득했던 초창기의 설레던 시간이 지나고, 지금 나는 네 번째 자식 같은 내 소설집을 세상에 내 보낸다.

2022년 8월

잔치국수

뒤셀도르프 발 정오 열차

도분자 씨로부터 뒤셀도르프에서 정오에 출발하는 기차를 타고 오겠다는 연락이 온 것은 열한 시가 조금 넘어서였다. 신애는 가꾸던 화단을 마저 정리하고, 땀으로 범벅이 된 몸을 씻고 나니 분자 씨가 도착할 때쯤 되었다. 그렇지만 신애는 서두르지 않았다.

"늦으면 한 시간이고 두 시간이고 기다릴 테니 신경 쓰지 마. 어차피 시간을 보내는 것은 기차역 플랫폼에 앉아 있거나, 거리를 쏴 다니는 거나, 집 안에 우두커니 앉아 있는 것이나 마찬가지야. 그토록 할 일이 없어도 시간이 지나가고 무료하질 않으니 어쩐 일인지 모르겠어. 아침인가 싶으면 저녁이고 월요일인가 싶으면 주말이고 봄인가 싶으면 겨울이고 칠십인가 싶었는데 어느새 팔십

10

이 눈앞에 와 있으니 말이야. 어느 날 공원에 새가 우는데 글쎄 죽기시러 죽기시러 그러면서 우는 것 같더라니까."

분자 씨는 신애에게 시간에 신경 쓰지 말라고 누누이 말했다. 그래도 처음에는 시간에 맞춰 나갔지만 이젠 신애도 점점 신경 쓰지 않는다. 현관을 나오는데 따라 나온 셜리를 보니 털에 무언가가 엉켜있는 것이 보였다. 신애는 갈기를 가져다가 셜리의 털에 묻은 오물을 긁어 주었다. 셜리 털이 반질반질해졌다. 셜리는 시원하다는 듯이 눈을 가늘게 뜨고 있다가 신애가 개 목걸이를 들지 않은 것을 보고는 실망한 눈빛으로 제 방으로 들어간다. 그때서야 신애는 집을 나섰다.

기차역에서 썩 내키지 않는 분자 씨와의 만남을 신애는 오 년째 매달 하고 있다. 이런 날 신애의 하루 일과는 분자 씨로 인해 와르르 무너진다. 무엇보다도 매일 함께 말을 타고 외승(말의 바깥 나들이)을 나가는 친구들에게 못 가는 이유를 구구히 설명을 해야 한다. 외승 나가는 일행은 신애 없이 자기들끼리 외승 나가는 걸 두려워한다. 이런 날은 모두 마장 안에 있는 울타리 안에서만 운동을 하고 끝낸다.

신애의 애마 사랑이는 매일 운동을 시켜야 한다. 사정이 있어 운동을 시키지 못하는 날은 마장 선생님께 부탁해 말을 운동시킨다. 말 선생은 얼마 전까지 마장을 운영했었는데 코로나로 인해 문을 닫고 출장 트레이닝과 말 운동시키는 것을 전문으로 한다.

말 선생을 부르면 신애는 그에게 40유로를 지급한다.

기차역에서 만나 볼일이 끝나면 분자 씨는 신애 손에 십 유로 짜리 두 장을 쥐어준다. 신애는 한국과는 8,000킬로나 떨어진 먼 나라에서 같은 한인끼리 그 정도도 돕지 못하고 사냐고 아무리 받지 않으려고 해도 받아야지 또 부탁을 할 수 있다고 어떻게든 쑤셔 넣는다. 조그만 수고라도 반드시 보답하는 독일 사람들의 습성이 이곳에 오십여 년 산 분자 씨에게도 배어있다.

분자 씨는 웬수 같다는 수식어를 한 번도 떼지 않고 살았던 남편이 죽었을 때 당황했다. 혼자서는 은행 공과금이나 세금조차도 낼 수가 없었다. 그래도 아들이 인도로 취직해 나가기 전까지는 그 일을 대행해 주었었다. 아들도 없는 지금 그 일은 꼼짝없이 신애의 담당이다.

분자 씨는 독일어가 까막눈일 뿐 아니라 모국어인 한글조차도 겨우 더듬거리며 읽을 뿐 쓰지는 못한다. 처음 그 사실을 알았을 때 신애는 답답해서 분자 씨를 앉혀놓고 한글을 가르쳤다. 어머니 아버지… 놀랍게도 분자 씨는 그것조차 쓰지 못했다.

"이 나이까지 몰랐어도 살았잖아. 지금 새삼스럽게 뭘 배워."

몇 번 시도하다가 포기하고 분자 씨는 말했다.

"언니 그때는 인수 아빠도 있고 인수도 있었을 때고 지금은 인수하고 카톡이라도 할 수 있어야 할 것이 아니야?"

신애는 분자 씨에게 독일어는 고사하고 한글이라도 가르치려고 했다. 지난해 크리스마스 때 신애는 분자 씨에게 스마트폰을 선물했다. 어떤 이의 손주가 스마트폰으로 한글 공부를 했다는 소리 듣고 도움이 될까 해서였다. 분자 씨에게 카톡을 보내면 보기는 보는 것 같았지만 한 번도 신애에게 문자를 보낸 적은 없다. 분자 씨 스마트폰은 오로지 전화 기능만으로 쓰인다.

매번 공부를 가르치려는 신애에게 분자 씨는 번번이 나이 탓을 하며 포기했다. 오십 대 때도 육십 대 때도 칠십 대 때에도 팔십을 눈앞에 둔 지금까지도 배우다가 포기할 때면 언제나 그 나이 탓을 했다.

"언니! 남편이 죽었잖아. 그럼 글을 배워서 홀로 서야지 이러면 어떻게 해. 독일어는 고사하고 한글이라도 쓸 수 있도록 해. 자식 귀찮게 하지 말고…"

신애는 분자 씨 남편이 죽었을 때 글을 가르치려고 시도 하다가 포기했다. 분자 씨 아들이 취직하여 인도로 떠났을 때도 가르치려다가 포기했다. 신애는 분자 씨 아들이 그런 답답하고 꽉 막힌 엄마에게서 도망친 것이라고 생각했다.

분자 씨는 매달 나오는 공과금 고지서와 우편물들을 가지고 뒤셀도르프 발 보이스하임 행 정오기차를 탄다. 그럼 신애는 우편물들을 분류해 이것은 세무서에 제출을 하고, 이것은 은행에, 이것은 보험회사에 내라고 봉투에 넣어 준다. 그냥 찢어 버려도 될 광고지 같은 것도 분자 씨는 아주 소중한 정보지마냥 차곡차곡 모아서 가지고 온다. 신애는 그런 것은 쭉 찢어 역에 마련해 놓은 쓰레기통에 처박는다. 신애 역시 한 달에 한 번인 분자 씨와의 만남으로부터 도망치고 싶었다.

"언니! 간호학교 나왔다고 했잖아. 그 학교는 어떻게 들어갔고 졸업은 어떻게 했어. 한글도 쓸 줄을 모르면서…"

분자 씨는 씩 웃으며 말했다.

"다 방법이 있어."

분자 씨는 의기양양하게 말했다.

"방법?"

"그래 방법. 정문으로 못 들어가면 뒷문이나 쪽문이나 개구멍이라도 찾아보면 방법이 있어."

분자 씨가 말해 준 그 방법이란 것은 이러했다. 한글도 모르는 분자 씨가 중학교나 제대로 나올까 했지만 전교생 중에서 맨 꼴찌로 중학교는 졸업을 했다. 꼴찌로 졸업하든 일등으로 졸업하든 성적이 졸업장에 표시되지 않는 것은 다행이다. 문제는 고등학교였다. 공부를 너무 못하니까 중3 담임이 고등학교 과정인 간호학교라는 곳이 있다. 간호원 도와주는 일을 배우는데 졸업 후 취직도 잘 된다고 권했다. 그때는 간호학교라는 것이 처음 생겨 학생 모으기에 급급했었다. 분자 씨는 당시 미달이 된 고등학교 과정인 간호학교에 그것도 기부금을 좀 내고 진학을 했다.

"들어가는 거야 그렇다고 쳐. 졸업한 게 신기해. 졸업은 앞문

뒷문 개구멍 그런 것이 없지 않수?"

"없지, 졸업은 교문을 통해야만 나올 수 있는 거지."

"비결이 있수?"

"그럼… 방법은 찾으면 얼마든지 있어."

분자 씨는 그 비결이란 것을 영웅담 얘기하듯이 담담히 말해주었다. 아무리 아무리 해도 그놈의 공부란 것이 안 되자 분자 씨는 꾀를 냈다. 담임이 힘 써주면 무엇이든 다 된다는 것을 분자 씨는 열여덟에 알았다. 분자 씨는 일 년 내내 고3때 담임 책상을 정리하고 꽃이 시들만 하면 꽃을 갈았다. 교무실에서 분자 씨 담임 책상은 언제나 정갈하게 반짝거릴 뿐 아니라 꽃장식이 되어있어 전 교직원으로부터 부러움을 샀다.

졸업생 사정회 때 교감과 교무는 한글도 쓸 줄 모르는 학생을 우리 학교 졸업생이라고 할 수 없으니 졸업을 시키지 않겠노라고 했다. 이때 담임이 말했다.

"도분자, 이 학생은 비록 글을 겨우 읽을 뿐 쓰지는 못하지만 어떻게 세상을 헤쳐나가야 하는지는 압니다. 글을 몰라도 세상을 살아나갈 수 있다는 것을 이 학생은 보여주고 있습니다. 이 학생은 학교라는 울 밖으로 나가면 어떻게든 살아갑니다. 학교의 명예 그런 것보다 이 학생의 일생을 격려해 주는 뜻에서 졸업을 시켜주시기 바랍니다."

그래도 안 된다는 것을 담임이 교감 교무를 불러 기생집에서

거하게 한 번 쏜 후 졸업을 할 수 있었다.

그런 소문을 들은 분자 씨는 담임에게 기생집 음식값을 봉투에 넣어 드렸다. 뒤돌아가는 분자 씨를 담임이 불러 세웠다.

"도분자! 이거 받아라. 이건 내가 너에게 이 세상을 잘 살아내라고 주는 격려금이야. 일 년 내내 네 덕분에 정갈한 책상에서 예쁜 꽃을 보고 살았으니 그 보답이라 생각해도 좋아. 공부 잘한다고 세상을 잘 사는 게 아니야. 넌 어디서나 잘 살 거야. 태평양 한복판에 떨어뜨려놔도 살 수 있어. 넌."

그러면서 담임이 봉투를 되돌려 주더라는 것이다. 열여덟 살 때 되돌려 받은 그 봉투를 분자 씨는 지금도 소중히 간직하고 있다.

분자 씨가 간호조무사로 근무하던 병원에 서독 간호사와 간호조무사를 모집한다는 공고가 붙었다. 그때 생각난 것이 태평양 한가운데 떨어져도 살아갈 수 있다는 담임 선생님 말이었다. 대서양이건 태평양이건 아무튼 바다 건너가는 것은 분명했다. 분자 씨는 곧장 지원을 했다. 분자 씨 나이 스물다섯이었다.

분자 씨가 독일에 올 당시 독일은 전쟁 후지만 라인강의 기적을 일으키며 전 세계를 놀라게 하고 있었다. 경제가 발전하고 국민소득이 높아지자 독일 사람들은 자연히 더럽고 힘들고 위험한 3D 직종을 기피했다. 그러니 그 직종에서 일할 사람이 턱없이 부족했다.

잘 먹고 잘 사는 독일 사람들의 수명은 점점 길어져 사회가 노령화되어 갔다. 수요는 늘어났지만 간병과 요양에 종사하는 인원이 부족했다. 그래서 받기 시작한 것이 한국 간호사였다. 처음 분자 씨가 독일에 왔을 때 후진국에서 온 간호사에게 간호 일을 맡길 수 없다 하여, 간호사 본업은 안 시키고 시체를 닦고 수의를 입히는 일이나, 임종에 가까운 환자 돌보는 일만 시켰다.

분자 씨는 1인용 호스피스 병실에 입원한 85세 여자 노인을 돌보았다. 말기 신장암 환자인 노인은 오줌주머니를 차고 괄약근이 풀어져 수시로 물수건으로 항문을 닦아주어야 했다. 오줌주머니를 비울 때나 항문을 닦을 때 노인은 분자 씨에게 무언가 말하곤 했다. 분자 씨가 제일 잘하는 것은 정갈하게 닦고 정리하는 것이었다. 분자 씨는 노인의 몸을 매일 깨끗이 닦아주고 병실 안에 꽃을 시들게 하지 않았다. 노인은 분자 씨에게 무슨 말인가 했는데 말할 때마다 알아듣지 못하는 분자 씨는 그저 환환 미소만 짓고 있었다. 가족들이 면회를 와서도 똑같은 말을 하곤 했다.

노인은 분자 씨에게 한국에 계신 어머니를 생각나게 했다. 난생처음 비행기를 타고 이름도 알 수 없는 여러 곳을 경유하고 또 경유해 온 독일이었다. 집에 전화가 없어 연락도 안 되고, 설사 있다손 치더라도 비싼 전화요금을 물며 걸 수도 없는 상황이었다. 노모를 한국에 두고 왔지만 돌아가셨는지 살아 계신지도 알 수 없었다. 부모상을 당해도 어차피 멀어서 가지 못하니 연락하지 않는 경우도 많았다.

호스피스 병실에 들어온 지 한 달 만에 노인이 죽었다. 분자 씨는 노인을 붙들고 엉엉 울었다. 마치 어머니가 가신 것 같아서 눈이 퉁퉁 붓도록 울었다. 환자의 가족들과 지인들은 그런 분자 씨를 기이하게 쳐다보았다.

기자들이 몰려왔다. 영문을 몰라하는 분자 씨에게 한국인 통역관이 와서 말했다.

"이 분은 독일의 유명한 여기자였습니다. 그래서 언론인 친구들이 많이 있죠. 이 분이 면회 오는 사람들에게 말하곤 했답니다. 이 사람은 사람이 아니고 천사다, 한국에서 천사가 나를 보살펴 주기 위해 왔구나, 이렇게 헌신적인 보살핌을 받고 가니 행복하다 하고 말씀하시곤 했어요."

유명한 사람이었던 그 노인의 타계 소식은 한국 간호사에 대한 기사와 함께 신문에 실렸다. 그러자 기다렸다는 듯이 여기저기서 한국 간호사에 대한 미담이 쏟아져 나왔다. 피가 모자라는 환자가 들어오니 자기 피를 빼서 수혈을 했다, 시신을 붙들고 가족들의 아픔을 대변하듯 울면서 염을 하더라, 담당 간호사가 자리를 비워 급히 주사를 놔야 할 때 한국 간호사가 주사를 놓았는데 서독 간호사보다 훨씬 능숙하게 주사를 놓더라, 위급한 환자가 피를 철철 흘리며 들어오자 몸을 사리지 않고 온몸에 피범벅을 하며 치료를 하더라… 이런 기사가 연일 신문에 보도되었다.

　독일 사람들은 아직도 지구상에 이렇게 정이 많고 헌신적인 사람들이 사는 나라가 있느냐고 신기해했다. 특히 한국 간호사가 서독의 간호사 못지않게 숙련되었다는 소문이 돌자 일부러 한국 간호사에게 주사 맞기를 바라는 사람까지 생겨났다. 한국 간호사들은 특별히 아프지 않게 주사를 놔 주는 비법이 있다는 소문까지 돌았다. 급기야는 이런 국민들이 사는 나라 대통령을 초청하여 감사의 표시를 하자는 여론까지 형성되었다.

　서독 정부에서는 그냥 있을 수 없다 하여 박정희 대통령을 초청하였다. 이것이 단군 이래 처음으로 외국에서 우리나라 대통령을 국빈으로 초청한 첫 번째 사례였다. 그것도 다른 나라가 아니고 당시 눈부신 경제발전으로 인해 세계인의 주목을 받고 있던 부자나라 독일이다.

　한국은 박정희가 쿠데타로 정권을 잡은 지 얼마 안 되었을 때였다. 외국 돈을 끌어들여서라도 나라 경제를 발전시켜 쿠데타의 명분을 세워야 했다. 초청을 안 했으면 로비를 해서라도 방문해 돈을 빌려와야 했었다. 대통령의 방독 준비가 치밀하게 진행되었지만 타고 갈 비행기가 없었다. 미국에서 비행기를 빌릴 수 있을 줄 알았는데 백악관에서는 쿠데타로 정권을 빼앗은 대통령한테 비행기를 내줄 수 없다고 냉정히 거절했다.

　할 수 없이 특사를 서독 대통령께 보내 한국에서 서독까지 타

고 올 비행기가 없는데 독일에서 비행기를 좀 보내주면 안 되겠
냐고 물었다. 대통령이 타고 올 비행기가 없다는 소리에 뤼브케
대통령은 깜짝 놀라 할 말을 잃었다. 결국 합의가 된 것은 독일에
서 홍콩까지 가는 여객기가 먼저 서울에 들러 대통령 일행을 1등
석과 2등석에 태우고 홍콩으로 가서 일반 승객들을 이코노믹석에
태우고 방콕 뉴델리 로마를 거쳐 프랑크푸르트로 가기로 했다.

　우여곡절 끝에 서독에 간 대통령 일행은 뤼브케 대통령의 환대
를 받았다. 양국의 정상은 우리나라 광부들이 일하는 탄광지대 루
르 지방을 방문했다. 서독 각지에서 온 간호사들이 한복을 입고
손에 태극기를 들고 그곳에 모여들었다. 대통령이 도착하기 직전
까지 석탄을 캐다 온 광부들은 탄가루가 범벅이 된 작업복을 입은
채 눈만 반짝이며 대통령을 기다리고 있었다. 광부들의 시커먼 얼
굴을 본 대통령은 목이 메어 애국가도 제대로 부르지 못하고 연설
도중에 그만 울어버렸다. 연설이 끝나자 광부와 간호사들은 대통
령과 육영수 여사를 부둥켜안고 한 덩어리가 되어 통곡하였다. 그
것을 지켜본 뤼브케 대통령도 울고 현장을 취재하는 기자들도 함
께 울었다.

　광부와 간호사들은 떠나려는 대통령을 붙들고 놔 주지 않았다.
결국 대한민국 만세와 그 먼 나라까지 와 자신들을 위로해 준 대
통령 각하 만세를 부르며 눈물의 이별을 했다. 돌아오는 고속도로
에서 계속 우는 박정희 대통령의 눈물을 뤼브케 대통령은 자신의

손수건을 꺼내 닦아주었다. 언론은 아직도 대통령을 붙들고 우는 국민이 지구상에 존재한다는 사실에 완전히 감동했다.

분자 씨는 신애가 백 번도 더 들었을 그 얘기를 심심하면 또 했다. 그 이야기를 할 때 분자 씨는 박사라도 된 듯 유창한 말로 열변을 토했다. 오늘도 플랫폼에 앉아 또 저 얘기를 할 것이다. 그럼 신애는 분자 씨가 백 번도 더 한 얘기에 가만히 귀기울여 들어줄 것이다.

"그거 알아? 광부들이 우리 간호사를 꼬시려고 주말이면 기차를 타고 몰려왔던 거."

신애는 알고 있다. 그래서 그때 많은 간호사와 광부가 결혼하여 지금도 독일에 살고 있다. 분자 씨 부부도 그렇게 한 결혼이었다.

한국 광부가 독일에 투입하기 전에는 일본 유고슬라비아 터키 아프리카 사람들이 광산에서 일했다. 그들은 얼마나 게으른지 폐업하는 광산이 생겨났다. 하지만 한국 광부가 투입되자 생산량이 엄청나게 늘어났다. 독일 사람들은 이렇게 근면한 민족이 있다는데 놀라지 않을 수 없었다.

한국 광부의 인기가 높아지자 서독 정부는 더 많은 광부를 보내 줄 것을 한국에 요구했다. 한국에서는 대학생이나 전직 회사원 등 대학교육을 받은 사람이 주로 지원을 했다. 그러나 70년대 오

일쇼크가 와 독일 경제 상황이 나빠지자 서독정부에서는 우리 광부들이 독일에 정착하지 못하게 일자리를 제한하고 3년의 체류 기간이 끝나면 강제로 고국으로 귀국시켰다. 하지만 광부와는 달리 여전히 일자리가 모자라는 유능한 한국 간호사에게는 체류권이 주어졌다. 체류권이 없는 광부들은 간호사와 결혼하여 독일에 체류하려고 혈안이 되어 있었다. 그런 연유로 기차는 주말마다 광부들을 간호사가 있는 곳으로 실어 날랐다. 분자 씨는 평생 웬수인 남편을 만났을 때를 이렇게 회상했다.

"기숙사에서 한 방에 살고 있는 간호사에게 광부 애인이 있었어. 광산에는 말이야, 우리 간호 기숙사보다 근무환경이 훨씬 좋지 않았어. 글쎄 좁은 공간에 120명씩 합숙을 한다지 뭐야. 화장실 하나 샤워실 세 개 부엌 하나 있는 곳에서 말이야.

어느 날 그 애인이 합숙소에 함께 있는 친구를 데리고 왔어. 그 사람이 지금 내 남편이야. 하지만 처음 만났을 때 이 사람은 무언가 엄청 망설이더라고. 젊은 처녀총각이 망설일 게 뭐 있어. 훤칠한 키 준수한 외모가 첫눈에 내 맘에 쏙 들더라고. 무엇보다 대학 나온 것이 더욱 더 호감이 갔어. 그래서 내가 먼저 빤쓰끈을 풀었어. 난 처음이었는데 그렇게 좋을 수가 없더라고. 남자는 처음이 아닌 듯했어. 일을 끝내고 나서 남자는 옷을 주섬주섬 입더니 글쎄 쾰른에 약혼자가 있다고 말하고는 그냥 가 버렸어.

내가 이 남자 만나려는 게 팔짜인가 봐. 글쎄 난생 처음 한 게 임신이 되었어. 그게 임신이 될 게 뭐야. 그래서 이 사람이 내 팔자인가 했어. 기숙사 동료의 애인을 통해 임신 소식을 들은 남자는 아이를 지우라고 통보해 왔어. 독일은 카톨릭 국가라 임신중절이 안돼. 그러니 옆 나라 네덜란드 가서 하고 오라는 거야. 그런데 난 대학까지 나온 잘생긴 그 남자가 좋았어. 하루 종일 한 번 본 그 남자 생각에 일이 손에 잡히지 않았어. 남자의 의사와 상관없이 아기를 낳겠다고 결심했어. 결국 낳았지. 그 먼 타국에서 친정 엄마가 있어, 친척이 있어, 아는 사람이 있어, 애를 기숙사 방에 가두고 병원에 근무하다 짬짬이 들러 젖을 먹였지. 굶어 죽지는 않더라고. 나중에는 하도 울어 목이 쉬어 울지도 못했어. 그래선지 내 아들 목소리가 허스키해. 내가 아들을 낳아 그렇게 키운다는 소리를 듣고 남자가 찾아왔어.

그날 젖을 먹이니 아이가 울지도 않고 선선히 잠을 자더라고. 그래서 내가 또 빤스끈을 풀었어. 일을 끝내고 남자는 아이를 한참 들여다보고는 아무 말 하지 않고 가 버렸어. 말없이 가는 남자를 보며 이 남자가 안 돌아오겠다 싶었어. 그런데 말이야. 진짜루… 그 남자가 진짜루 내 팔자인가 봐. 두 번째 한 게 또 임신이 되었어. 첫 아이 낳은 지 육 개월이 채 지나지 않았고, 아직도 젖을 먹이고 있었는데도 임신이 된 거야. 그러는 수도 있더라고. 두 번 해서 아들 둘 낳은 여자 이 세상에 나 말고 또 있으면 나와 보라 그래.

둘째를 낳고 몸을 풀고 있는데 남자가 왔어. 아기를 한참 들여다보고는 또 가더라고. 처음 가 버렸을 때는 안 돌아올 거라 생각했었는데 이번에는 돌아올 것 같았어. 아니나 다를까 돌아왔어.

내가 이래 봬도 그 방면에는 그래도 빨라. 머릿속으로 주판알을 튕겼지. 쾰른에 있는 약혼자보다 내가 더 나은 게 있어야 하지 않겠어? 그래서 내가 그랬어. 난 그 여자보다 월급을 세 배나 받는다. 그랬더니 남자가 깜짝 놀라 쳐다보더라고. 나는 대기조 수술실 간호사다. 부르면 언제나 나가는 24시간 대기조 간호원. 24시간 일하니 남들보다 세 배의 월급을 탄다고 말했어. 그게 즉각 효과를 나타낸 거야. 남자가 결혼하재. 마침 광부 계약 기간 3년이 끝나가고 있었어. 그래서 우린 결혼했어."

신애는 그 남자가 분자 씨에게 딱 걸린 건지, 그 남자에게 분자 씨가 딱 걸린 건지, 두 사람 사는 것을 안타까이 바라보았다. 남자는 광부 계약 기간이 끝나자 하우스만(살림남)이 되었다. 24시간 일하는 바쁜 분자 씨를 대신해 두 아이를 키우며 살림을 했다. 분자 씨는 24시간 대기조 간호사로 일하고 그것도 모자라 누가 근무를 부탁하면 땜빵 간호 일을 한 번도 거절하지 않고 했다. 그렇게 분자 씨는 사십여 년간 24시간 대기조일 뿐 아니라 땜빵 전문 간호사가 되었다.

한국에서 대학까지 나온 분자 씨 남편은 인물이 좋고, 언변도 좋았다. 머리도 좋아 그 어려운 독일어를 순식간에 배워 독일 한인 사회의 모든 통역을 담당했다. 실속도 없이 감투란 감투는 다 썼다. 독일 재향군인회 회장에 나중에는 한인회 회장까지 했다. 한국에서 누가 방문하면 분자 씨가 번 피 같은 돈을 주머니에 넣고 다니며 물 쓰듯 쓰며 대접했다.

뮌헨에서 한식당을 하던 신애는 분자 씨 남편을 그때 만났다. 분자 씨 남편은 신애 식당의 가장 큰 고객이었다. 한국에서 방문객이 오면 처음 며칠은 새로운지 아무 소리 않고 독일 음식을 먹었다. 그 며칠이 지나면 지위고하를 막론하고 사람들은 김치와 나물과 된장국이 먹고 싶어 아우성쳤다. 그러면 분자 씨 남편은 방문객들을 신애 식당으로 안내했다. 식당은 언제나 만원이었다.

언젠가 분자 씨가 말했다.

"웬수같은 남편 얼굴에 칼자국 있던 거 생각나?"

"강도 만나 싸우다가 생긴 거?"

"강도는… 내가 그랬어. 내가 그 웬수를 죽이려고 칼로 찔렀어. 얼마나 잽싸게 피했는지 얼굴 가장자리만 찍혔어. 정말로 그때는 철천지 웬수같은 남편을 죽이고 싶었어."

분자 씨는 큰아들을 교통사고로 잃었다. 건널목을 건너는데 신호를 무시하고 달리던 차에 치여 죽었다. 방 안에 가두고 근무하다가 와 짬짬이 젖을 먹여 키운 아들이라 분자 씨가 특별히 더 안쓰러워하던 아들이었다. 막 대학을 졸업하고 취직해 회사에 다닌 지 얼마 되지 않았을 때였다. 보험회사에서 아들이 평생 회사에

다니며 돈을 벌었을 경우를 계산해서 보험금이 나왔다. 운전사가 미안하다며 별도로 준 위로금까지 받았다. 듣지도 보지도 못했던 어마어마하게 큰 금액이었다.

분자 씨 남편은 그 돈을 한국에 투자한다며 비행기 타고 하늘에 뿌리고 다녔다. 강원도 전망 좋은 곳에 독일인 마을을 조성한다며 땅을 샀다. 한국 사정에 어두운 분자 씨 남편은 그걸 그대로 사기당했다.

"내가 번 돈이었으면 그러지 않았을 거야. 아들 목숨값으로 받은 돈을 사기당했다고 하는데 눈에 보이는 게 없더라고. 부엌에 달려가니 쌍둥이 칼이 있더군. 그 웬수는 칼을 얼마나 잘 들게 갈아놓는지 몰라. 그걸 가지고 덤볐지. 그래도 그 웬수가 죽을 운명은 아니었나 봐. 용케 피해 얼굴 가장자리에 찔리더라고. 그 웬수 얼굴에서 피가 철철 흐르자 난 내 가슴을 향해 칼을 꽂으려고 했어. 차라리 죽어버리는 게 편하겠더라고. 어떻게 아들 죽이고 그것도 모자라 목숨값으로 받은 돈을 다 날려버려. 그 웬수를 죽이지 못했으니 내가 죽어버리려고 했어. 그런데 어느 틈엔지 그 웬수가 내 손을 붙들고 놓지 않는 거야. 그때는 죽는 게 나을 거 같았는데 사니까 그래도 이렇게 살아지네."

기차역에 도착하니 시간은 삼십 분 가량 지나있었다. 시골 간이역이라 역은 한산했다. 한 여자가 입구를 등지고 의자에 얌전히 앉아 있었다. 뒷모습이 보였는데 신애는 그 사람이 분자 씨인 줄은 꿈에도 생각하지 못했다. 아무리 둘러보아도 다른 사람은 없었다.

"왔어?"

분자 씨가 두리번거리는 신애를 보고 반가이 웃으며 자리에서 일어났다. 분자 씨는 늘 막일 하는 요양보호사 차림이었다. 연금을 타고 여유가 있어지자 옷을 사 입기 시작했는데 언제나 싸구려 옷을 머리끝에서부터 발끝까지 같은 색으로 통일해서 입었다. 이를테면 머리를 보라색으로 물들이고 보라색 윗도리에 바지에 스타킹에 구두까지 통일시켰다. 그 모습은 꼭 촌닭을 연상시켰다. 그랬던 분자 씨가 영국제 버버리 코트에 에르메스 스카프까지 하고 머리는 정성들여 드라이를 했다. 뚱뚱한 시골 촌닭 같았던 분자 씨의 몸은 명품 속에서 어느 정도 품위 있어 보였다.

"언니 오늘 예쁘다. 난 다른 사람인 줄 알았어."

아무리 나이 들어도 예쁘다는 말은 기분 좋은지 분자 씨는 신애의 호들갑에 활짝 웃으며 말했다.

"오늘 이 열차도 마지막 타는 거라 새로 사서 빼입고 나왔어. 아들이 인도에서 인터넷으로 주문해 보내왔어. 이게 이래 봬도 엄청 비싼 거래. 스카프 하나에 오백 유로나 주었대."

분자 씨는 명품을 살 줄 몰랐다. 글자를 모르니 다 똑같은 상표처럼 보여 꼭 좋은 옷을 사야 할 때는 무조건 비싼 것을 택했다.

"언니 멋져! 그런데 왜 마지막이야?"

"나 양로원 들어가기로 했어."

"아니 언니가 왜?"

"50년이 넘어가. 한글도 독일 말도 쓸 줄 모르고 겨우 독일말 더듬거리는 내가 이 땅에서 이만큼 살았어. 나도 이젠 편히 살고 싶어. 생각해 보면 내가 살아온 것이 기적 같애. 다 신애동생 같은 은인을 만난 덕분이기도 해."

"섭섭해서 어째. 어느 요양원에 가?"

"아들이 말해주었는데 난 들어도 못 외워. 뭐 호화 양로원이라 더라. 엄마 여태까지 고생했으니 좋은 곳에서 편히 살라고 아들이 고르고 고른 양로원이야."

"언제 들어갈 건지 내가 가서 수속을 도와줄게."

"다음 달 말에 아들이 인도에서 이 주 휴가 받아 온대. 오면 함께 갈 거야. 그러니 괜찮아."

"그럼 오늘이 정말 마지막이라고?"

"마지막이긴… 면회 오면 되잖아."

신애는 시간에 맞춰 나오다가 셜리 털을 빗겨주느라 조금 늦은 걸 후회했다. 끝까지 유종의 미를 거두어야 했는데 너무나 미안했 다. 마지막인데 그냥 보내면 안 될 것 같았다.

"언니 그러면 우리 집에 가서 자고 가."

분자 씨가 처음 뒤셀도르프 발 정오열차를 타고 보이스하임역에 올 때는 집에서 하루씩 자고 갔다. 그럼 둘은 한식을 만들어 먹었다. 숲에 지천으로 난 고사리를 꺾어다 데쳐서 볶고 초원에 가득한 참나물을 뜯어다 무쳤다. 그리고 분자 씨가 가져온 김치에 돼지고기를 넣고 찌개를 끓였다. 한국 사람은 어디에 살든지, 몇십 년을 살든지 간에 김치와 나물을 먹어야 진짜로 밥 먹은 듯했다. 접시 한쪽에 고기를 놓고 한쪽은 감자를 한 쪽은 부쉬보넨 콩꼬투리를 삶아놓고 먹는 독일 식단은 남의 나라 식단이었다.

"너네 집에는 슈바이처가 있어 싫어. 걘 날 싫어하잖아."

하긴 남친 슈바이처는 분자 씨를 싫어하긴 한다. 그는 얼마나 깔끔을 떠는지 화장실에 물방울 하나 떨어뜨리면 안 되고 책상 닦는 걸레와 유리 닦는 걸레 화장실 닦는 걸레 바닥 닦는 걸레 다 구분이 되어있다. 하지만 분자 씨는 걸레 하나로 그 모든 것을 한다. 아무리 하지 말라고 해도 분자 씨는 자기 고집대로 한다. 그걸 보고 슈바이처는 몹시 화를 냈다. 두 사람은 동네가 떠나가도록 큰 소리로 싸운 후부터는 내 집에 오지 않고 기차역에 앉아 볼일을 보고 갔다. 마침 코로나19가 극성이라 자연스럽게 기차역 만남이 굳어졌다.

궁리 끝에 호텔에서 함께 자기로 했다. 마방 근처 네덜란드 땅에 있는 호텔이다. 마방 근처 호텔을 잡은 것은 애마 사랑이의 운동을 시키기 위해서다. 운동시킨 후 시장을 봐다가 주방이 딸린 호텔에서 저녁을 해 먹고 함께 자기로 했다.

어찌된 일인지 사랑이도 슈바이처럼 분자 씨를 싫어한다. 작년에 사랑이 운동시킬 때 분자 씨와 함께 했었다. 사랑이는 웬만한 사람들이 와서 묘기를 부려보라면 신기하게도 시키는 대로 잘했다. 스마일 하면 고개를 치켜들고 입을 활짝 벌린다. 댄스를 하라 하면 앞 다리를 이리저리 굴리며 경쾌하게 춤을 춘다. 뒤로 가라고 하면 뒷걸음질 치고 허그를 하라 하면 다리를 꺾어 사람을 감싸 안는다. 사랑해요 하면 사람을 포옹하듯이 몸을 앞으로 숙인다. 그런데 분자 씨가 하라면 뻣뻣하게 서서 꼼짝도 하지 않는다. 그래서 분자 씨는 사랑이를 좋아하지 않는다. 꼭 사랑이가 웬수같은 자기 남편 같다고 싫어했다. 분자 씨 남편은 분자 씨가 하라고 하면 언제나 꿈쩍도 하지 않았다. 불이 났다고 피하라고 해도 피하지 않을 거라고 분자 씨는 우스갯소리처럼 말했다.

그런 분자 씨 남편이 분자 씨에게 봄바람같이 부드러웠을 때가 있었다. 분자 씨 남편이 이웃 여자와 바람이 났을 때였다. 분자 씨는 돈 버느라고 언제나 찌들고 바빴다. 살림하는 분자 씨 남편은 아이들 학교 보내고 나서 이웃에 사는 한인 여자와 달콤한 밀회를 즐겼다. 한인 사회에 소문은 파다한데도 불구하고 분자 씨 얼굴은 활짝 펴갔다. 분자 씨는 남편이 살림뿐 아니라 밤일까지 잘한다고 부끄러움도 없이 떠들고 다녔다. 아마도 분자 씨 남편은 두 여자를 동시에 만족시켜 주는 능력의 소유자였나 보다. 꼬리가 길면 밟힌다고 이웃 여자의 남편이 알게 되어 한바탕 소동이 일어났다.

분자 씨 남편이 어떻게 처리했는지 이웃은 다른 곳으로 이사를 하고 분자 씨 얼굴은 다시 찌들어 갔다. 사람들은 소처럼 일만 하는 분자 씨가 그 사실을 알면 얼마나 딱하겠냐고 그 사건을 분자 씨에게 말해주지 않기로 약속을 했다. 결국 그건 한인 사회에 영원한 비밀이 되었다.

신애는 분자 씨와의 마지막 만찬을 준비했다. 조리 기구는 펜션형 호텔에 비치된 것을 썼다. 마장 마트에서 감자와 토마토를 사고 근처 밭에서 한창 수확하고 있는 하얀 스파겔을 샀다. 스파겔과 감자를 껍질 벗겨 삶아 접시에 놓고 뜨거울 때 버터를 발랐다. 버터는 녹아서 스파겔과 감자에 스며들었다. 한쪽에 토마토를 곁들이니 먹음직스러웠다. 신애는 이것이 분자 씨가 유일하게 좋아하는 독일음식이란 것을 알고 있다.

와인을 땄다. 분자 씨는 와인 킬러다. 분자 씨는 와인을 홀짝홀짝 마셨다.

"난 늘 궁금해. 내 머릿속이 파괴되었나 봐. 인수 아버지… 아니 그 웬수… 그 웬수는 대학도 나오고 유식하잖아. 날 보고 뭐라는 줄 알아? 넌 공부하는 뇌가 파괴되었는가 보다고, 아니 처음부터 그 뇌가 없이 태어났거나. 늘 그렇게 말했어. 진짜 그런가 봐. 왜 여섯 살이면 아는 그 한글을 나는 쓰지를 못할까. 초등학교 때부터 공부가 안되니 당한 그 수모는 이루 말할 수가 없었어. 지나가면 애들이 꼴찌꼴찌 하고 놀렸지. 그냥 꼴찌가 아니야 뚝 떨어진 꼴찌. 그래도 간호학교 나온 것은 내 인생에서 제일 잘한 일이야. 독일에 올 수 있었으니까.

한국에서 난 간호 보조라 만몇천 원 월급을 받았어. 독일에 오니 칠백 마르크를 주더라. 우리 돈으로 오십만 원 정도 되었을 걸. 난 대기조 간호사잖아. 그 웬수가 내 돈을 그렇게 뿌리고 다니지만 않았어도 큰 부자가 되어 한국에 돌아갈 수 있었는데. 그 웬수는 밑 빠진 독이야. 어찌 그렇게 피땀 흘려 벌어다 줘도… 벌어다 줘도… 없는지 몰라. 나 미국에 친구가 초청해서 1년 관광하고 온다고 간 적 있었지?"

분자 씨가 한 1년 관광 간다고 보이지 않은 적이 있었다. 주위 사람들은 분자 씨와 관광은 어울리지 않는다고 어딘가 일하러 간 걸 거라고 말했었다.

"퇴직을 했는데 돈이 한 푼도 없는 거야. 눈앞이 캄캄하더라고. 연금 나올 때까지는 살아야 할 거 아니야. 그때 누가 미국에서 베이비시터를 구한대. 그래서 갔었어."

사람들 짐작이 틀린 것은 아니었다. 다들 그럴 거라고 했다. 하지만 본인이 관광이라 했으니 신애는 관광이라고 생각했다.

"그 사람들과 어떻게 말했어?"

"영어건 독일어건 모르긴 마찬가지지만 눈치 하나면 미국이건 독일이건 알아들을 수 있겠더라. 다행히 남자가 한국계 미국인이라 한국말을 조금 하더라고. 난 독일이 좋아. 한글을 쓰지 않아도 되니 그렇게 좋을 수가 없어. 독일어 영어는 외국인이니까 몰라도 용서가 되니 편했어. 신애동생이 한글을 배우라고 배우라고 아무리 구박을 해도 안 한 이유가 뭔 줄 알아? 배워도 난 모르겠어. 그거 알아? 아무리 해도 안 되는 거. 나라고 왜 해 보려고 노력하지 않았겠어?"

신애는 그간 분자 씨에게 답답해 가슴을 치며 한글을 가르쳐 주려고 애쓰던 것이 미안했다.

신애가 분자 씨 얘기를 동창회 사이트에 올렸더니 교편을 잡고 있는 친구가 분자 씨가 난독증일 거라고 일러주었다. 난독증은 글을 정확하고 유창하게 읽지 못하고 철자를 쓰기 힘들어하는 것이 특징인데 모든 것은 정상인데 글만 그러하니 일종의 장애라고 하였다.

와인 한 병이 다 비어가고 있었다. 신애는 와인이건 맥주건 마시지 않는다. 어쩐 일인지 신애의 몸은 알코올을 조금도 받아들이지 않는다.

"신애동생이 와인 한 잔 마시지 않는 걸 보면 사람마다 다 다르구나 싶어. 이렇게 맛있고 기분 좋은 걸 못 마시다니 말이야. 신애동생은 생각했겠지. 이렇게 쉬운 한글을 못 쓰다니 하고 말이야. 사람마다 다 다르잖아."

나는 가끔 분자 씨가 천재가 아닐까 생각했다. 어떤 때는 비유가 적절하고 상황 판단도 빠르다. 한글과 알코올의 비유가 맞는지는 모르지만 서로 그쪽에 대해서는 모르니 적절하긴 하다.

"신애동생! 난 말이야. 요즘 그 웬수같은 남편을 사랑하기로 했어."

와인 한 병을 거의 다 마셨을 때 반쯤 감긴 눈을 하고 분자 씨가 말했다. 분자 씨는 양로원에 들어간다더니 이상해졌다. 명품으로 몸을 휘감질 않나 죽은 사람을 사랑한다질 않나, 웬수를 입에 달고 살더니 죽으니까 사랑한다고 한다. 신애는 분자 씨에게서 사랑이란 단어를 처음 듣는다.

"죽은 사람을 어떻게 사랑해."

"생각해 보니 그 웬수 아니 인수 아버지가 천생연분 내 팔짜긴 팔짜였어. 요즘 부쩍 처음 만났을 때가 생각나. 처음 만났는데 예수님처럼 머리 위에 후광이 비추는 것 같았어. 그런 남자와 그걸 하고 나니 며칠 동안 흥분이 되어 잠을 못 잤다니까. 이 남자와 결혼만 할 수 있다면 평생 내가 벌어서 먹여도 좋다 그런 결심까지 했어. 지금 생각하면 그래. 나 같은 무식쟁이가 그렇게 잘 생기고 똑똑한 사람을 꿈속에서조차 만날 수 있었겠어? 인수 아버지는 내가 만난 한국인 중 최고로 멋진 사람이었어. 독일이니까 그런 사람 만난 거야. 간호사와 광부니까…"

지금은 이곳 한인 사회에서 분자 씨를 부러워하지 않는 사람이 없다. 남편이 돈을 물 쓰듯 써 버리니까 분자 씨는 어떻게든 돈을 벌어야 했다. 그래서 대기조 간호사와 땜빵 전문 간호 일을 평생 했다. 그렇게 벌었으니 연금도 남들보다 두세 배나 된다. 게다가 분자 씨는 남편 믿을 수 없다고 개인연금을 세 개나 들어 놨다. 나라에서 연금이 나오고, 세 군데 보험회사에서 연금이 나오니 일 안해도 다달이 분자 씨 통장에 돈이 쌓여갔다. 돈 쌓이는 소리가 독일 방방곡곡에서 들린다고 한인 사회에서는 모두 다 분자 씨를 부러워했다.

"난 지금이 좋아. 양로원 들어가면 먹여주고, 재워주고, 운동도 시켜주고, 관광도 시켜주고, 건강 체크도 해준대. 친구들도 많대. 아들이 엄마가 평생을 고생고생했는데 이제라도 편히 살라고 좋은 양로원을 골랐대. 꽤 많은 돈을 내야 하지만 내 연금으로 내고도 반이나 남는대. 나 죽을 때까지 그렇게 살 수 있대. 평생을 남 밑이나 닦아주고 궂은일만 하던 내가 그렇게 살 수 있다니 이런 날이 올 줄 몰랐어. 다 그 웬수 인수 아버지 덕분이지, 난 예수님 말씀이 아니더라도 그 웬수를 사랑해."

어느덧 분자 씨가 잠이 들었다.

분자 씨가 플랫폼으로 들어간다. 나는 급히 분자 씨를 불렀다. 분자 씨가 뒤돌아보았다. 고지서 하고 내가 소리쳤다. 분자 씨는 공과금 고지서를 분리해 달라고 이곳 보이스하임역에 왔는데 지금 그냥 가고 있다. 개찰구를 나가려던 분자 씨가 돌아와 말했다.

"안 가져왔어. 아들이 오면 해준다고 했어. 신애동생 그간 고마웠어. 나 요양원 가면 면회 와, 꼭."

신애를 쳐다보는 분자 씨의 눈에 이슬이 맺혔다. 그러더니 덥썩 신애를 껴안았다. 온갖 사람들로부터 천대받았던 분자 씨의 몸이 의외로 따뜻하고 푸근했다. 그 몸은 이제 그렇게 천덕꾸러기로 살지 않겠다는 다짐처럼 신애에게 느껴졌다.

　똑같은 몸인데 명품을 걸쳐서인가, 호화 요양원 탓인가, 연금을 많이 타는 귀하신 몸이라 그런가, 당당히 개찰구를 향해 가는 분자 씨가 참으로 멋져 보였다. 신애의 눈에 분자 씨가 멋져 보인건 처음이다.

잔치국수

아침을 느지막이 먹고 분자 씨는 애희의 집에 가기 위해 전차를 탔다. 전차로 20분을 가면 라인강 가까이에 있는 애희의 임대 아파트가 나온다. 분자 씨는 일주일에 세 번 전차를 탄다.

분자 씨의 오늘 드레스 코드는 빨강이다. 하얀 티셔츠에 빨강 멜빵 원피스를 입고 빨강 자켓을 걸쳤다. 분자 씨는 한껏 멋을 부렸지만 멀리서 보면 원피스로 된 앞치마를 걸친 것 같았다. 빨간 구두에 빨강 가방을 드는 것도 잊지 않았다.

복권판매점은 전차정류장과 애희 아파트 중간에 있다. 일주일에 세 번 그 시간에 복권을 사러 오는 분자 씨를 보고 판매점 영감이 웃을 듯 말 듯한 표정으로 인사를 한다.

굳텐 탁!

분자 씨도 굳텐 탁 하고 영감한테 인사를 한다. 이젠 분자 씨도 오십 년을 산 나라의 말을 읽을 줄은 몰라도 어느 정도 알아듣고 간단한 것은 할 줄도 안다.

분자 씨는 항구 도시 여수에서 배 부리는 집 막내로 태어났다. 여수에서 돈 자랑하지 말라는 옛말이 있듯이 아버지는 배도 부리고 일본에서 암암리에 들어온 물건을 받아 웃돈을 얹어 팔았다. 사람들은 코끼리 밥통 자생당화장품 심지어는 오렌지 주스를 사고 싶어도 분자 씨 아버지를 찾았다. 몇 번 단속에 걸리기는 했지만 아버지는 그때마다 별 어려움 없이 빠져나왔다. 분자 씨 아버지는 세상을 살아가는 요령을 잘 알았다. 돈 냄새를 잘 맡기로 유명한 부자다.

그런 아버지를 보고 자란 분자 씨의 꿈은 부자였다. 부자, 부우우자. 하지만 분자 씨는 부자가 되지 못하고 분자가 되었다. 아버지는 딸 이름을 지을 때 부유할 부자를 쓰지 않고 나눌 분자를 썼다고 말했다. 부자라고 이름을 지어주었으면 부자가 되었을까?

아버지 돌아가시자 그 많던 친정 돈은 하나밖에 없는 아들이 사업하다가 부도를 내 공중분해 시켰다. 오빠를 보고 분자 씨는 어떻게든 잘 살아보겠다고 독일에 간호사로 왔건만 허우대 멀쩡한 남편을 만나 평생 개고생을 했다. 광부였던 남편은 회사와의 계약 기간이 끝나자 하우스만(살림남)이 되었다. 분자 씨가 돈을 벌어오면 집에서 살림을 했다. 살림을 너무나 깔끔히 잘해 분자 씨가 청소를 해 놓으면 남편이 다시 하곤 했다. 재료를 어찌 구했는지 해마다 된장 고추장을 담아 한인들과 나누어 먹었다. 터키 상회에서 사온 자잘한 오이로 오이지를 노릇노릇하게 잘 담았다. 오이지를 썰어 온갖 양념을 하여 무치는 것은 분자 씨가 제일 좋아하는 음식이었다. 분자 씨는 남편이 해 주는 음식이 세상에서 제일 맛있었다.

하지만 남편에게 돈이 들어가면 밑 빠진 독에 물을 붓는 것처럼 빠져나갔다. 남편은 뒤셀도르프에서 쾰른을 가야 할 때 기차 타고 한 번에 갈 수 있는 곳을 택시 타고 고속버스터미널에 가서 고속버스를 타고 쾰른에서 내려 또다시 택시를 타고 목적지에 가곤했다. 보기 좋은 허우대와 공부를 잘했다는 그 좋은 머리로 어떻게 하면 실속 없이 돈을 쓸까 연구하는 사람 같았다.

오늘도 분자 씨는 아버지처럼 부자가 되는 꿈을 꾸며 복권을 산다. 애희네 올 때마다 사니 일주일에 세 번 산다. 복권 사는 것이 분자 씨의 유일한 취미 생활이자 사치다. 어떤 사람이 경마장에 가서 말에다 돈을 거는 것처럼 분자 씨는 복권을 사며 꿈을 키운다. 헛된 꿈이라 해도 상관없다. 일주일 내내 복권 당첨 번호를 기다릴 때 분자 씨는 희열을 느낀다. 아직까지 잔챙이 몇 개 당첨되고는 매일 꽝이다. 그래도 분자 씨는 여전히 복권을 산다.

오늘은 복권 파는 영감이 한마디 한다.

"로트 스테트 디어 굳."

분자 씨는 빨강색이 잘 어울린다고 말하는 영감의 말을 알아듣는다. 영감의 얼굴에서 보인 야릇한 웃음도 놓치지 않는다. 분자 씨는 당케 하고 활짝 웃으며 고맙다고 대답한다. 사람들이 분자 씨를 보는 시선은 언제나 저랬다. 사십여 년을 수술실에 근무하며 살아남은 것은 분자 씨의 깔끔한 성격이 한몫을 했다. 수술 도구를 분자 씨보다 더 깔끔하게 삶아 말려놓는 사람은 없었다. 자기 것뿐 아니라 남의 것의 뒤처리도 마다하지 않았다. 글씨를 모르니 눈치로 배우고, 외워서 하고, 주문이나 기록할 것이 있으면 젊은 간호사에게 커피 타다 주고 굳은일을 대신해 주며 부탁했다. 그럴 때마다 저 영감 같은 야릇한 표정을 분자 씨에게 보내곤 했다.

많은 연금을 받고 있는 요즘은 사람들이 분자 씨를 쳐다보는 시선이 예전과 다르다. 분자 씨는 그것이 돈의 힘이라고 느낀다. 돈은 그만이라는 것이 없다. 가져 보면 더 가지고 싶은 것이 돈의 속성이다. 분자 씨는 복권 한 장을 집어 빨간 가방 속에 고이 접어서 넣는다. 그리고 문법도 단어도 발음도 엉망인 독일어 실력으로 영감에게 말을 붙인다. 다음 주에 요양원에 들어갈 것이라 더 이상 못 온다고 손짓 발짓까지 다 하며 말한다. 영감님은 어느 요양원에 가냐고 묻는다. 분자 씨는 프란치스쿠스 알테하임이라고 말한다. 아 거긴 부자 노인들만 가는 곳이에요. 영감님이 말한다. 나는 연금을 4,000유로 받아요, 하고 분자 씨가 말한다. 영감님 입이 다물어지지 않는다. 독일에서 분자 씨만큼 연금을 받는 사람은 많지 않다. 분자 씨는 마치 말 배우는 어린아이가 세상과 소통하는 것처럼 문법 어순 다 무시하고 아는 단어 몇 개 가지고 서툴게 영감에게 연금 자랑을 한다. 분자 씨를 보는 영감님 눈이 달라진다.

분자 씨가 퇴직했을 때 남편 수중에는 돈이 별로 남아 있지 않았다. 소같이 일해 벌어다 준 돈 어디 있냐고, 돈 내놓으라고 분자 씨는 남편을 두드려 팼다. 하지만 다 써서 없는 돈이 어디서 나오겠는가. 분자 씨는 눈앞이 캄캄했다. 직업소개소에 갔더니 미국에 베이비시터 자리가 있다고 했다. 한 달에 천 달러를 준다고 했다. 미국 가서 의사 약사 부부의 아기를 봐주었다. 수술실에 사십 년 근무한 분자 씨였다. 닦고 정리하는 것은 분자 씨 따라갈 사람이 없다. 아기 엄마에게 최고의 칭찬을 받았다. 미국에 1년 살며 갓난쟁이 아이를 돌 지날 때까지 키워주고 만이천 달러를 가지고 돌아왔다. 그랬더니 그 웬수는 음주운전으로 큰 사고를 내고 면허증도 빼앗긴 채 분자 씨가 돌아오기만을 기다리고 있었다. 분자 씨는 남편이 사고를 수습하느라 진 빚을 갚아주고 빼앗긴 면허증을 찾아왔다. 그리고 나서 또 남편을 흠씬 두드려 팼다.

65세가 되자 연금이 4,000유로 씩 나오기 시작했다. 수술실 24시간 대기조 간호사로, 땜방 전문 간호사로 분자 씨 월급은 남들의 세배나 되었다. 연금을 많이 떼어갔으니 연금 수령액도 많았다. 또 분자 씨는 웬수 남편을 못 믿겠다며 보험회사에다 연금보험을 세 개나 들었다. 그렇게 해서 4,000유로가 나왔다. 연금을 타기 시작하자 돈 먹는 하마 같은 그 웬수에게 못 맡긴다고 퇴직한 분자 씨가 연금관리를 했다. 결혼하고 그때까지 싸운 것보다 마지막 이 년 동안에 싸운 것이 더 치열하고 더 잦았다. 돈을 지키려는 분자 씨와 돈을 관리하겠다는 웬수같은 남편과의 전쟁은 2차 세계대전만큼이나 처절했다. 약을 먹고 죽는다고도 해 봤고 가출한다고도 해 봤지만 아무 소용이 없었다.

그러던 웬수가 어느 날 덜컥 누웠다. 췌장암 말기였다. 병은 빨리 빨리 진행이 되었다. 가능성이 없다는 병원 측 말에 영혼을 하나님께 의탁하는 마지막 의식인 종부성사를 해달라고 신부님을 불렀다. 웬수는 자기가 왜 죽느냐고 펄쩍 뛰며 거절했다. 또 불렀다. 남편은 더 길길이 뛰며 거절했다. 또 불렀다. 남편은 그때도 거절하다가 끝내는 종부성사도 못 받고 신부님 앞에서 죽었다. 연금이 나온 지 2년만이었다.

남편이 죽자 거짓말처럼 분자 씨에게 강 같은 평화가 찾아왔다. 분자 씨가 태어나 제일 잘한 것은 간호사가 되어 독일에 온 것이다. 제일 크게 받은 복은 남편이 일찍 죽어 분자 씨의 연금을 2년밖에 못 쓴 것이다.

처음으로 수중에 돈이 들어왔다. 4,000유로를 혼자서 쓴다는 것은 상상도 못 했던 일이다. 아침에 눈 뜨면 오늘 하루도 놀면서 130유로를 버는구나, 하고 생각하면 저절로 신이 났다. 살아있기만 하면 일 안 해도 매달 저 돈이 나오는데 오래 살아야지. 그때부터 분자 씨의 지상 최대의 목표는 120살까지 사는 일이었다. 아들은 취직해 인도로 간 후라 오롯이 혼자만의 돈이 되었다. 이상한 일이다. 돈 쓸 곳은 없는데 분자 씨의 돈에 대한 갈증은 끝이 없었다. 돈을 더 갖고 싶었다.

언젠가 아버지와 여수 밤바다를 거닐었다. 아버지가 주문받은 물건을 암거래로 넘기고 오는 길이었던 것 같다. 무슨 생각에서 분자 씨를 거기 데리고 갔었는지는 모른다. 아버지는 어둠 속에서 일렁거리는 바다를 보며 말했다.

"돈이란 말이다. 저 바닷물 같단다."

"아버지 어째 돈이 바닷물 같아요?"

"목이 마르다고 저걸 한 번 마셔봐라. 더 갈증이 나. 더 마셔봐라. 갈증이 더 나. 자꾸 마셔봐라. 자꾸자꾸 갈증이 나."

"어째 물을 마시는데 자꾸 갈증이 나요?"

"그건 나중에 네가 돈을 가져 봐라. 그러면 알 수 있단다."

오늘도 분자 씨는 복권을 사며 아버지가 오래전에 했던 말을 생각했다.

복권판매점을 나온 분자 씨는 애희의 집 앞에 있는 한인마트에 갔다. 둘러보고 새우깡과 잔치국수와 멸치다시 팩을 샀다. 평소 친동기간처럼 지내던 신애동생은 이곳을 떠나 시골동네 네테탈로 가서 정원이 있는 넓은 집에서 편히 살고 있다. 하지만 분자 씨가 월세가 비싼 뒤셀도르프를 떠나지 못하는 데는 이유가 있다.

이곳에는 한인마트가 있고 한인 식당이 있고 간호학교 동창인 애희가 있기 때문이다.

애희는 가난한 집 장남에게 시집을 갔다. 얼마나 가난한지 하루 한 끼 먹기도 힘이 들었다. 애희는 일찍 결혼해 아들이 있었는데 분자 씨가 독일에 간다니까 아들과 남편을 팽개치고 뒤도 돌아보지 않고 따라왔다.

분자 씨는 처음 생긴 간호학교가 미달이라 담임이 추천을 해서 간 것이지만 애희는 학비가 들지 않고 졸업 후 바로 취직할 수 있는 학교를 장학금을 받고 들어갔다. 입학해서도 애희는 일등을 놓치지 않았다. 간호학교 시절 공부를 못한다고 분자 씨가 애희에게 받은 수모는 담임에게 받은 것보다 많다.

애희는 분자 씨네 반 반장이었다. 담임이 임신을 해서 몸이 둔해지자 무엇이든 반장을 시켰다. 심지어 때리는 것조차도 반장이 했다. 아이들이 떠들면 담임은 손바닥을 내놓고 애희에게 때리게 했다. 애희는 대개 때리는 시늉만 하는데 분자 씨에게 와서는 짝짝 매섭게 때렸다. 애희에게 손바닥을 맞을 때면 분자 씨는 야속하고 부끄러워 눈물이 핑 돌았다. 넌 왜 아직도 글을 못 쓰니, 그렇게 타박하면서 분자 씨의 손바닥을 아프게 때렸다.

잔치국수가 든 봉지를 안고 15평짜리 아파트인 애희의 집으로 갔다. 애희의 집은 1층이라 드나들기가 좋다. 분자 씨는 벨을 누르지 않고 가방 속에서 열쇠를 꺼내 따고 들어갔다. 자리에 누워

있던 애희는 분자 씨가 오는 소리를 듣고 움찔거리며 일어나 앉았다.

"뭘 좀 먹었어?"

애희는 정확하지 않은 발음으로 뭐라고 대답하는데 분자 씨는 그 소리에서 먹었다는 말을 챙겨서 듣는다. 한인마트에서 사 온 새우깡을 꺼내 접시에다 쏟아 애희 앞에 놓는다. 세상이 좋아 이역만리에서 추억의 새우깡을 먹을 수 있어 다행이다. 애희는 손을 뻗어 잡으려고 하나 잡아지지 않는다. 분자 씨가 새우깡 두 개를 집어 애희 입에 넣어준다. 애희는 만족스러운지 삐죽거리며 웃는다.

간호학교 시절에 새우깡이 나왔다. 새우 향이 나고 바삭거렸다. 분자 씨와 애희는 그 이후 새우깡보다 더 맛있는 스낵은 보지 못했다. 그날은 분자 씨가 하도 공부를 못하니까 선생님이 따로 숙제를 내주었다. 분자 씨는 새우깡을 한 보따리 사 들고 애희를 찾아갔다. 애희는 새우깡을 먹어가며 밤새 분자 씨에게 공부를 가르쳤다. 지금도 분자 씨는 그때 배운 인수분해를 조금 한다.

"넌 한국에 있는 남편한테 가라."

애희가 분자 씨를 올려다 본다.

"내가 양로원에 들어가면 넌 찾아오는 사람도 없는데 여기서 어떻게 혼자 살아."

애희가 뭐라고 말하는데 이번에는 그 소리가 가야겠다는 소린

지 안 가겠다는 소린지 못 알아듣는다. 애희의 혀는 어느 정도 운동을 해야 알아들을 수 있을 정도로 풀린다.

"이것아! 그렇게 잘나고 똑똑한 척하더니 알츠하이머가 웬 말이야."

분자 씨가 쥐어박는 시늉을 하며 구박하기 시작한다. 병은 걸리고 싶어 걸린 것이 아니건만 분자 씨의 구박은 학교 때 애희에게 손바닥 맞은 것을 되갚는 것 같았다. 분자 씨의 손바닥은 지금도 통증을 기억한다.

"등신. 평생 벌어 남편과 아들에게 돈 보냈지만 이렇게 아프다고 해도 어느 누구 하나 와서 보질 않잖아. 너 살 궁리를 했어야지. 똑똑한 게 어찌 등신 같은 짓을 하냐. 가서 보지는 않았지만 니 남편은 여자 얻어서 살겠지. 널 오라고 하지도 않잖아. 너도 남자 하나 만들어 남들처럼 놀러 다니고 짜릿한 밤일 재미도 보고 살았어야지. 평생 수절하고 살면 누가 알아준대? 니가 밤일 맛을 몰라서 그래. 우리 웬수는 밤일 하나 잘했어. 결국 돈 한 푼 벌지 않고 밤일 하나 잘하는 거 가지고 그 인간은 평생 먹고 산 거지. 언제나 기생 오래비처럼 빼 입고 집안도 모델하우스처럼 예쁘게 꾸며놓고 살았다는 거 아니냐. 그 재미 보고 산 내가 서방 구경도 못 하고 산 너보다 훨씬 낫다."

애희는 뭐라 뭐라고 한다. 아들 며느리 예쁘다고 말하는 것을 분자 씨는 용케 알아듣는다.

"그래 아들이 좋은 회사 다니고 며느리가 초등학교 선생이면 다냐? 결혼했을 때 한 번 와서 보고 아직 못 봤으면 남이야. 아들 장가들였으면 니 남편이 평생 돈 대준 너 데려다가 병수발 해줘야 할 거 아니야? 차라리 난 여자 얻어 사니 너도 남자 하나 얻어 살아, 그러는 것이 더 인간적이지 않아? 뭐 사랑한다고, 편지마다 그러는 것은 시간이 가면 돈이 매달 또박또박 들어오니 그러는 거라고. 등신아! 정신 차려! 하긴 이 나이에 정신 차려 봤자지. 어느새 세월이 이렇게 갔냐. 스물다섯에 비행기 타고 여기저기 들러 꼬박 하루 온 것이 엊그제 같은데 말이야."

애희는 분자 씨에게 뭐라고 한다. 분자 씨는 애희의 어눌한 말의 통역사 노릇을 해도 좋을 듯했다. 애희의 말을 용케 잘 알아듣는다.

"내 아들이 인도로 취직해서 간 거? 그건 지 인생이야, 중국을 가든 미국을 가든 그건 걔 인생이라고."

"니… 아들 인생인 것처럼… 내 아들도 그리 사는 게… 지 인생이야."

애희가 천천히 말을 한다.

"이제야 혀가 풀렸나 보네. 그래 그렇게 천천히… 천천히 해 봐. 괜찮아. 그깟 알츠하이머가 무슨 대수야. 니가 이기나 내가 이기나 하면서 싸워 봐. 야! 알츠하이머야! 와라 하고 대들어봐. 오다가도 도망갈 거야."

분자 씨는 알츠하이머에게 들으라는 듯이 소리를 지른다.

애희가 식탁 밑에 두었던 닳고 닳은 고스톱 방석을 편다. 분자 씨가 알츠하이머를 쫓아내 준 것처럼 애희의 얼굴이 밝아지고 평소의 모습으로 돌아온다. 분자 씨가 화투장을 들고 섞다가 패를 돌리며 쉬지 않고 떠든다. 일주일에 세 번 애희를 찾는 것은 저렇게 한국말로 떠들고 싶어서일 것이다. 마치 젊은 날 받은 수모를 복수라도 하듯이 마음껏 애희를 구박한다. 애희는 그런 구박을 받아도 찾아와 고스톱 상대가 되어주는 분자 씨가 고맙다. 고스톱은 누가 만들어냈는지 재미있고 시간 보내기에는 최고다. 알츠하이머가 어느 정도 진행이 되었지만 애희는 고스톱 칠 때는 정상인 못지않다.

"똥이다! 똥이나 싸라!"

이 시점에서 똥이 나올 것 같자 분자 씨는 설마 하는 심정으로 소리를 내지른다. 삶은 언제나 분자 씨가 희망한 대로 굴러가지 않는다. 그러나 가끔은 딱 들어맞을 때가 있다. 분자 씨는 똥 광을 뒤집어 똥 껍데기 위에 패대기쳤다. 애희가 기분 좋게 웃는다. 키키킥 기분 좋게 웃으니 알츠하이머 환자 같지 않고 성한 사람 같다.

애희가 분자 씨가 싼 똥을 가져가니 광으로 났다. 애희가 자기 패를 보니 고도리도 불고 홍단도 청단도 불었다. 고를 한다. 분자 씨는 연신 껍질만 집어간다. 피로 날 생각인가 보다. 마침 일러서 나온 다섯 끗짜리 풍이 들어온다. 청단도 났다. 애희는 다시 고를 한다. 투고다. 분자 씨가 아까 똥 쌌던 것에 이어 홍싸리도 똥을 싸자 애희가 들고 있던 홍싸리로 먹었다. 홍단도 났다. 쓰리고에 광박에 청단과 홍단이다. 고도리가 남아있지만 애희는 여기서 스톱을 한다. 분자 씨는 화투를 내던진다. 세상에 이럴 수가 있나. 둘이 치는 고스톱에서 패가 이렇게 한쪽으로만 몰리다니! 분자 씨가 똥을 두 번이나 싸니 대형사고가 난 것이다. 분자 씨는 쌍피를 들고 있었다. 애희가 한 번만 더 고를 하면 분자 씨는 피로 날 판이었다. 여기서 스톱을 하다니, 화가 치밀어 오른 분자 씨가 화투 방석을 뒤집어엎는다.

"이 오라질 년이 어디서 배운 버르장머리야!"

애희가 소리를 내지른다.

"이년아! 너한테 배웠다. 너도 그러지 않았냐?"

"난 한 번 그랬는데 니년은 다섯 번째다."

"한 번이고 다섯 번이고 그게 그거다. 이년아."

"미친년! 한 번과 다섯 번이 어째 같냐. 하긴 맨날 꼴찌를 도맡아 했으니 셈이나 하겠어."

"그래 나 미친년이다. 병 걸려 누워있는 것 불쌍해 다닐 곳 안 다니고 온 내가 미친년이야."

"갈 곳 없어 온 줄 다 안다. 어느 골빈 놈이 니년 좋다고 기다린 다냐?"

평소 순한 것처럼 보였던 애희도 한 번도 지지 않는다.

"서방한테 소박맞아 그것도 못해 본 년이 어디다 화풀이 해 화풀이. 한국 들어갔다가 되돌아온 거 보면 빤한 거지. 뭐."

"소박? 소박맞았는데 맨날 사랑한다고 하냐?"

"하하하 그래야 돈이 나오니까 맨날 사랑한다고 하지."

"내 서방 욕하지 마. 심심하면 서방 두드려 패는 년아!"

"두드려 패도 독수공방하는 네년보다는 낫다. 이 화상아! 내 여기 또 다시 오면 인간이 아니다."

고집만 남은 두 여자가 아파트가 떠나갈 듯이 고래고래 소리 지르며 싸우다가 화를 견디지 못하고 분자 씨가 가방을 챙겨든다. 시작은 측은지심으로 시작하지만 매번 싸움으로 끝난다. 씩씩대며 현관을 향해 가던 분자 씨가 멈추며 말한다.

"어머나! 내 잔치국수."

"잔치국수 해 먹고 가."

애희가 현관으로 가 분자 씨의 팔을 붙잡는다. 분자 씨가 못이기는 체 돌아와 아직 분이 안 풀렸는지 가방을 식탁 위에 던진다.

"미안해."

이럴 때는 매번 애희가 사과한다. 매주 세 번 꼬박꼬박 와 주는 고마운 분자 씨인데 비록 화투 방석을 뒤집어엎었다지만 참아야 했다. 분자 씨도 파토낸 것은 자기라 애희에게 미안해진다. 분자 씨는 미안하다는 말 대신에 자기가 사 온 비닐 백에서 잔치국수를 꺼낸다. 얇은 종이가 빼빼 마른 하얀 국수발의 몸을 감았다. 그걸 볼 때마다 분자 씨는 고국을 떠나올 때 배고프고 헐벗었던 고국의 모습처럼 느껴진다. 못 살던 시절 지겹도록 먹던 잔치국수가 이국 땅에서 이렇게 그리울 줄이야. 애희가 매번 뒤뚱거리며 먹을 것을 해 놓았었는데 잔치국수 사 올 거라는 분자 씨의 말에 점심 준비를 하지 않았다. 분자 씨가 부엌에 들어가 물을 올리고 다시 팩을 넣고 국물을 우린다.

부엌에 서면 분자 씨는 웬수 같은 남편이 그립다. 남편은 멸치 똥을 따고 깨끗이 다듬어 다시국물을 냈다. 그 말간 국물에 조선 간장으로 은근하게 간을 하고 쫄깃하게 삶아 낸 잔치국수를 말았다. 귀찮지도 않은지 매번 달걀지단으로 하얗고 노랗게 장식하는 것도 빼먹지 않았다. 거기에 한국에서 공수해 온 고춧가루를 살짝 뿌리면 없던 식욕도 막 살아났다.

한인들과 가끔 분자 씨네 앞마당에서 파티를 열었다. 바베큐로 소시지와 햄을 굽고 한인마트에서 사 온 소주를 마시며 웃고 떠들었다. 술기운이 어느 정도 오르면 남편은 잔치국수 한 그릇을 말아 입가심하게 해주었다. 뜨거운 잔치국수를 훌훌 마시면 뱃속이 따뜻해지면서 온몸이 뜨거워졌다. 그렇게 몸이 따스해지면 마치 고향 마당 한가운데서 잔치가 벌어지고 있는 것처럼 더 이상 흥거울 수가 없었다.

그 웬수가 말아 준 잔치국수 한 그릇 먹고 싶다. 분자 씨가 아무리 해도 남편이 말은 잔치국수 맛이 나지 않는다.

이역만리 땅에 오십 년 넘게 살면서도 분자 씨의 몸은 떠나올 때 먹던 그 음식을 조금도 잊지 않았다. 쌀이 모자라니 밀가루를 많이 먹으라고, 그러면 서양 사람처럼 키 큰다고 나라에서 분식을 장려하던 시절이었다. 가슴에 '분식장려'란 리본을 달고 다녔다. 점심은 잔치국수를 지겹도록 말아먹었다. 젠장! 나이 들어가니 그때 먹던 음식이 왜 이다지 그리운지.

고국은 그립지 않다. 분자 씨가 고국을 떠날 때는 세계에서 몇 안 되게 가난했던 고국이었다. 지금은 세계에서 열 손가락 안에 드는 부자 나라가 되었다고 한다. 분자 씨는 언제나 태블릿 PC로 고국 뉴스를 시청하는데 그런 소리가 나올 때마다 기분이 좋기도 하고 언짢기도 하다. 분자 씨가 그리운 것은 지금 잘 사는 고국이 아니고 떠나던 때 춥고 배고프고 헐벗었던 시절의 고국이다.

고국에 갔다 온 사람들이 전하는 고국 소식은 딴 나라 얘기 같다. 복중에 지하철을 탔는데 추워서 감기들 정도였다. 집집마다 에어컨은 기본이고 대형 냉장고와 김치 냉장고가 다 있고 그 안에 먹을 것을 꽉꽉 쟁여 놓고 먹더라. 한국은 열쇠가 사라졌다. 시골까지 숫자만 누르면 열리는 번호 키다. 재래식 변소는 볼 수가 없고 시골구석까지 다 수세식 변기다. 뿐만 아니라 도시의 웬만한 집에는 다 비데가 있다. 지하철은 아마도 세계에서 제일 쾌적하고 편리할 거다. 춘천도 천안도 이천도 김포도 포천까지 다 전철이

다닌다. 뿐만 아니라 인천도 부산도 다 지하철이 잘 되어 있어 차 없이 다니는 것이 더 편하다. 인천공항에서 내려다보면 한국은 온통 숲이다. 독일처럼 나무숲이 아니고 아파트 숲이다. 어떤 곳은 아파트가 산보다 더 높다. 그리고 온통 길이다. 산이 막혀 있으면 터널을 뚫어 길을 내고 바다가 막고 있으면 바다 위로 길을 내고 도시가 형성되어 있어 길을 못 낼 때는 하늘 위로 길을 내더라. 길이 하늘 위를 막 휘돌며 다니는 것을 보니 아마도 길 만드는 토목 기술은 세계 최고일 거 같다. 시골집 밭에 가 보니 집집마다 다 지하수가 있어 가물어도 물 걱정을 안 하더라. 아마도 전기와 물 소비량은 세계 최고일 거 같다. 땅도 몇십억, 집도 몇십억, 모두 다 몇십억씩 하는 집에서 억억대면서 살더라.

분자 씨가 처음 독일에 와 보니 독일 사람들이 살아가는 모습은 땅 짚고 헤엄치는 것 같았다. 끝도 없이 펼쳐져 있는 기름지고 넓은 땅에 곡식을 떨어뜨리기만 해도 쑥쑥 자랐다. 독일 땅에서 자라는 것은 무엇이든 크다. 나무도 크고 마늘도 파도 밀도 심지어는 꽃도 크다. 독일의 민들레꽃과 애기똥풀꽃은 너무 커서 징그럽다. 분자 씨는 독일 사람도 커서 징그럽다.

대부분 산인 한국은 산을 일군 척박한 땅에 곡식을 심어 먹었다. 그러니 곡식 알갱이도 잘고 나무도 삐뚤빼뚤 아무렇게나 자라고 민들레꽃도 애기똥풀꽃도 다 작다. 그런데 곡식도 알이 잔 것이 맛이 있고, 삐뚤빼뚤 자란 나무들이 아름답고 애기똥풀꽃은 작아서 앙증맞고 예쁘다. 물론 그 땅에 사는 사람들은 작지만 알토란같이 단단하고 정겹다.

땅 짚고 헤엄치던 사람과 처음부터 깊은 바다에서 수영을 배운 사람 중 누가 더 수영을 잘할까. 분자 씨는 독일에 왔을 때 만일 한국 사람들을 이곳에 풀어 놓으면 독일 사람보다 몇 배 더 잘 살 것이라고 생각했다. 지금 갖고 있는 것은 아무것도 없고 오로지 사람만이 유일한 자원인 고국이 한강의 기적을 일으키자 독일 사람이 한국사람 보는 시선이 달라졌다. 한국사람 부지런하고 똑똑하다고 다들 인정한다. 내 나라가 잘 산다니 좋기는 하다.

하지만 분자 씨는 이상하게 변해버린 지금의 고국이 싫다. 누구는 아파트를 사서 두 배 세 배 올랐다고 천문학적인 숫자를 말한다. 누구는 집이 수십 채라 하고, 누구는 땅값이 열 배가 올랐다고 하고, 누구는 부모에게 몇십억짜리 땅을 받았다 하고, 어느 국회의원은 빌딩이 몇 채라 하고… 독일에 앉아 있어도 그런 소리 들으면 왠지 불안하다.

분자 씨가 독일이 좋은 것은 십 년 전 집값이나 지금이나 별반 다르지 않다는 것이다. 오르지 않는 집을 살 필요가 없다고 느끼면 월세를 내고 살고, 월세 내는 것이 싫으면 집을 사서 살면 된다. 월세를 내든 집을 사든 그것은 개인의 선택이다. 집이 꼭 투기 수단이 되어 온 국민이 부동산에 매달려 돈 버느라고 억억대는 것이 싫다.

잔치국수를 해서 식탁에 올려놨더니 애희가 뒤뚱거리며 와서 앉는다. 아무리 고명을 예쁘게 하려고 애써도 남편처럼 되지 않는다. 맛있어 보이라고 얹은 고명이 숭덩숭덩 들쑥날쑥이라 오히려 식욕을 떨어뜨린다. 분자 씨는 자기가 말아놓은 국수를 보며 쑥스러워 웃는다. 맛만 있으면 되지, 하며 애희가 숟갈로 국물을 떠서 입에 넣는다. 말이 없다. 분자 씨도 국물을 먹어본다. 짜다. 분자 씨가 간을 본 것은 왜 맨날 이랬다저랬다 하는지 정말로 알 수 없다.

분자 씨는 웬수같은 남편이 전혀 생각나지 않을 줄 알았는데 요즘은 시도 때도 없이 생각이 난다. 연금이 입금될 때마다 많은 연금을 타는 것이 남편 덕분인 것 같아 생각나고, 밥할 때마다 이렇게 귀찮은 것을 평생 해주었구나 싶어 생각나고, 무엇보다 혼자 텅 빈 아파트에 앉아있을 때 그래도 싸울 남편이라도 있으면 외롭지 않을 것 같았다. 낮에는 쇼핑 다니고 여기저기 싸돌아다니지만 저녁은 꼼짝없이 혼자 앉아 있어야 한다. 분자 씨는 쏼라쏼라 대는 독일 방송은 싫다. 신애동생이 네테탈로 이사 가기 전에 태블릿 PC로 한국드라마 보는 방법을 수십 번 가르쳐주었다. 아니 수백 번 가르쳐주었다. 이젠 혼자서 한국드라마를 뽑아 볼 수 있다. 처음 독일에 앉아서 한국 안방에서 방영되는 드라마를 볼 수 있다는 소리를 들었을 때 믿어지지 않았다. 구두쇠 분자 씨가 가장 비싼 태블릿 PC를 산 것은 한국드라마를 볼 수 있다고 해서다. 더 놀라운 것은 한국과는 시간 차이가 나도 아무 때고 시간이 날 때 뽑아 볼 수 있는 것이다. 한국드라마는 한국 음식처럼 쫄깃하고 감칠맛이 있다. 어떤 때는 가슴을 조아리다가 오줌을 지리기도 한다. 분자 씨는 요즘 한국드라마 보는 재미로 산다.

맛이 있건 없건 간에 나이든 사람들은 어릴 때 식습관으로 밥을 먹는다. 후르륵거리며 국수가 목구멍으로 부드럽게 넘어간다. 독일에 살면서 고국 음식에 대한 맛은 평가할 수가 없다. 김치면 맛이 있건 없건 간에 다 맛이 있다. 국수도 잡채도 그렇다. 그저 한국의 먹거리라면 모두 맛있다.

싫다는 애희를 휠체어에 태우고 밖으로 나왔다. 이 길을 따라가면 라인강이 나온다. 라인강 가에는 맥줏집이 즐비했다. 젊은 날에는 저 맥줏집에 가서 자주 맥주를 마셨다. 분자 씨는 언제부터인가 라인강엘 가지 않았다. 큰아들이 맥주를 마시고 음주 운전한 차에 치여 죽은 후부터 분자 씨는 강 쪽을 향해 휠체어를 밀었다.

"라인강 가는 거야?"

"응."

"거긴 안 가잖아."

"오늘은 가 보려고. 난 요즘 뭐든지 팔짜 같다는 생각이 들어. 그 아이가 그렇게 죽은 것도 내 팔짜라서 그랬던 것 같아. 애희야! 8자 있지? 12345678할 때 8."

"응 아라비아 숫자 8자?"

"그 숫자를 봐. 똑바로 세워 놔도 8자고 거꾸로 세워 놔도 8자야. 이리 봐도 8자 저리 봐도 8자. 또 숫자를 잘못 썼을 때 다른 숫자는 다 억지로 고칠 수가 있어. 하지만 이 8자만은 억지로도 고칠 수가 없어. 그래서 팔짜 도망은 못 한다고 하지. 웬수같은 남편도 내 팔짜니까 만난 거고 아들도 내 팔짜가 사나우니까 그 나이에 그렇게 간 거고… 그 웬수가 아들 보상금 나온 거 다 사기당해 날렸잖아. 지금 생각해 보면 그 돈으로 호의호식했으면 마음이 편했을까 싶어. 날리고 나니 오히려 홀가분해. 아들을 그렇게 보내고 보상금으로 잘 먹고 잘살았다고 쳐. 얼마나 순간순간 괴로웠겠어. 아마도 병이 나서 제명에 죽지도 못했을 거야."

애희는 별안간 철학자 같아진 분자 씨를 낯설게 바라보았다.

"지금 생각해 보면 내가 웬수 웬수 하지만 남편 생각이 어쩜 옳지 않았을까 그런 생각이 들어. 젊은 날 즐기며 살다가 나이 들어 연금 나오면 그걸로 살아가도 되는 것을… 남편은 늘 그렇게 말하며 집을 예쁘게 꾸며놓고 잘 먹고 편하게 살자고 했어. 그것이 행복이라며… 너도 봤지. 내 남편 화단 가꾸어 놓은 거."

"그럼 너의 집 꽃밭은 언제나 크고 탐스러운 꽃송이가 가득했지. 튤립 뿐 아니라 한국에서 가져온 봉선화와 분꽃도 여름 내내 꽃밭을 장식했지. 여름이면 꽃구경 갔었잖아. 너네 집으로. 그래서 파티도 자주 했지."

애희가 거들었다.

"나는 거기다 야채를 심어야지 꽃을 키운다고 타박하곤 했어. 난 막 돼 먹어서 그런지 편안하고 고급스럽게 사는 게 불안해. 사치로만 여겨졌어. 그래서 맨날 남편과 싸웠어. 지금 생각해 보면 남편이 옳았던 것 같아."

"한인 사회에서 모두 널 부러워했어."

"그래? 지금 생각해 보면 내가 좋아서 내 손으로 빤쓰 끈을 푼 남자와 살았으니 더 바랄 것이 뭐 있어. 그래도 그 인간 그 인물에 딴짓하지 않고 나만 바라보고 산 것도 고마워. 아마도 돈의 힘일 거야. 내가 돈 많이 벌어다 줘서 딴짓 못 했던 거지."

애희는 분자 씨의 넋두리를 들으며 남편이 이웃 여자랑 바람이 났다는 말은 하지 않았다. 무마하느라 여자의 남편에게 거액의 돈을 주었다는 소문이 이곳 뒤셀도르프 바닥에 파다했지만 분자 씨는 모르고 있다.

"애희아! 맨날 사랑한다는 네 남편… 여자 얻어서 살지? 다 알고 있으니 속 시원하게 말해봐."

분자 씨는 애희에게 한 번도 물어보지 않았던 걸 묻는다. 평생 혼자 살아온 애희에게 그것은 마지막 자존심이었다. 애희는 한동안 말이 없다가 조용히 입을 열었다.

"내가 독일에 온 건 돈 벌기 위한 것도 있지만 남편과 그거 하는 것이 싫어서였어. 우린 여섯 식구가 한방에서 잤는데 남편은 시어머니가 옆에 있어도 밤마다 날 더듬는 거야. 그러니 하고 싶겠니? 난 그 손길을 피해 매일 밤 담벼락에 붙어서 잤다니까. 아들은 어떻게 생겨 낳았는지 모르겠어. 그러다가 네가 독일 간다니까 뒤도 돌아보지 않고 쫓아 왔지. 지금도 그걸 생각하면 온몸에 소름이 돋아. 그래서 난 남자가 싫어."

오늘은 내숭 떨며 안 하던 말을 애희가 한다. 분자 씨는 애희가 유난히 남자를 멀리하는 이유를 이제야 알았다.

"십 년에 한 번 오 년에 한 번씩 한국에 들어갔었잖아. 그때마다 아들과 남편이 얼마나 잘해 주는지 몰라. 남편은 결혼하지 않고 오로지 나만을 기다리고 있다고 했어. 그럼 난 독일에 돌아와 또 열심히 일해서 돈을 보냈지. 가끔 남편으로부터 사랑한다는 긴 편지가 왔어. 퇴직했을 때 한국에 들어갔었잖아. 이젠 나도 한국에서 살고 싶다고 했지. 그때서야 남편은 함께 살고 있는 여자를 인사시켰어. 여자가 낳은 딸과 아들도 같이… 내 속으로 난 아들은 서먹하기만 했어. 하긴 내가 키우지 않았으니 서먹할밖에… 한국에는 어디에도 내 자리가 없더라. 가면 뭐해. 내가 있을 곳도 없는데. 난 여기 독일이 좋아."

애희는 베일에 가려있던 자기 얘기를 쏟아냈다. 눈치 빠른 분자 씨가 짐작했던 대로다. 애희의 입으로 확인한 것뿐이다.

"너 양로원에 들어가면 난 버티는데 까지 버티다가 요양원에 들어갈 거야. 너만큼은 아니지만 연금도 나오잖아."

"그래도 우리가 독일에 와서 일했으니까 연금도 나오고 다행이
지."

분자 씨가 애희를 위로하며 말한다.

"넌 고생 많이 했으니까 좋은 양로원에 들어가서 호강하면서
잘 살아. 거기서는 승질 좀 죽이고… 네가 들어간다는 그 양로원
은 나도 소문을 들어서 알아. 요양원 시설이 별 다섯 개 호텔보다
더 좋다더라. 거기 들어가 보면 별천지 같대. 의사와 간호사가 늘
거주를 해서 아프면 고쳐주고, 때마다 먹을 거 주고, 재워주고, 그
러니 한 번 들어가면 오래 산대. 넌 건강하니까 백 살까지 아니 니
목표대로 백이십 살까지 살 거야."

애희가 부러운 듯이 말했다.

"그래. 한국 들어가면 뭘 하니. 여기서 살아. 무슨 일 있으면 네
테탈 사는 신애에게 의논해. 걔는 착하고 똑똑하니까 잘 해결해
줄 거야. 한국사람 끼리 이 먼 나라에서 서로 도우며 살아야지."

"알았어. 신애 똑똑한 거야 이 잘난 독일 사람들도 인정하잖
아."

"나 신애 마장에 가 봤었는데 글쎄 신애가 말 트레이닝을 얼마
나 잘 시켜놨는지 신애 말이 제일 똑똑하더라. 말도 신애가 제일
잘 타. 마장 사람들이 신애랑 외승 나가고 싶어 안달이래."

"한국사람 어디 사나 다 똑똑하고 억척이야. 신애처럼 또 분자
너처럼…"

분자 씨가 그 똑똑했던 애희에게 칭찬 받기는 처음이다. 기분이 좋다. 분자 씨가 한 마디 더 한다.

"그리고 애희 너처럼…"

고래고래 소리 지르며 싸우던 것이 잔치국수 한 그릇으로 다 사라지고 한 사람은 휠체어를 밀고 한 사람은 휠체어에 앉아 서로가 서로의 앞날을 걱정해 준다. 낯선 땅에 와서 이제껏 살았는데, 내 나라보다 세 배 이상 더 산 나라에서 뭐가 걱정인가 싶다.

라인강에는 예전이나 지금이나 여전히 석탄 실어 나르는 화물선이 지나고 있다. 강을 바라보던 애희가 조용히 분자 씨의 손을 잡는다. 분자 씨가 애희의 손을 두 손으로 감싼다.

"분자야! 나 너한테 사과할 게 있어. 간호학교 때 내가 네 손바닥을 세게 때렸던 거. 나는 네가 공부를 안 해서 못하는 줄 알았어. 나한테 세게 맞으면 분해서라도 공부하지 않을까 해서. 나중에 간호공부하면서 보니까 그것도 일종의 병이라더라. 난독증이라는 병. 넌 공부를 못했어도 얼마나 열심히 살았니? 지금 생각해 보면 넌 사는 것은 일등이야. 난… 꼴찌고."

분자 씨는 애희의 손을 꼭 쥔다. 콧등이 찌르르해 온다. 분자 씨는 학교 다닐 때 지겹도록 듣던 그 꼴찌에서 벗어나려고 얼마나 열심히 달려왔던가. 그때 일등이 분자 씨에게 말한다. 네가 일등이라고. 분자 씨 눈가에 물기가 돈다.

페어드[馬]

아침부터 차갑고 촉촉한 겨울비가 유리창에 흘러내린다. 아홉
시가 지났지만 날씨 탓인지 새벽처럼 느껴진다. 침대 속에서 웅크
리고 밤새 고국 친구들이 무슨 대화를 나누었는지 확인한다. 한국
과 독일은 여덟 시간 차이가 나 친구들이 왁자지껄 한바탕 떠들고
나간 후에야 들어온다. 언제부터인지 소셜 미디어로 소통하는 것
이 일상생활이 되었다. 특히 신애처럼 고국을 떠나 이역만리에 사
는 이방인한테는 빛의 속도로 연결시켜주는 인터넷이 요술쟁이
같다.

자고 있는 사이 어떤 이가 자신이 사랑하는 말 카사노바가 하
늘나라로 갔다는 소식을 사진과 함께 올렸다. 카사노바는 붉은 살
색 몸에 하얀 털과 갈기와 꼬리를 가진 고급스러운 말이다. 백마

지만 신기하게도 다양한 색의 자식을 만들어낸다고 그가 늘 자랑하던 종마다. 백마는 피부가 깨끗하고 아름답지만 색소결핍으로 피부암에 걸릴 확률이 다른 말보다 많다. 위로의 댓글이 수십 개가 달렸다.

그의 방 친구들의 프로필은 대부분 말과 함께 찍은 사진이다. 신애의 프로필 역시 말을 타고 찍은 사진이다. 그의 방은 일종의 말 동호회다. 외국인들이 한국인보다 더 많다. 그곳에서 일상의 소식들뿐 아니라 말에 대한 정보를 서로 나눈다. 말을 잃은 사람의 아픔이 느껴져 신애는 가슴을 감싸 안았다. 신애는 이미 두 마리의 말을 저 세상으로 보냈다. 자식을 잃는 것 같은 아픔이 다시 명치끝으로 되살아났다. 신애의 애마 사랑이는 세 번째 말이다.

크리스마스가 가까이 오고 있었다. 연말에도 늘 분자 씨가 뒤셀도르프 발 정오열차를 타고 영수증이 든 가방을 들고 신애를 찾아오곤 했었다. 분자 씨는 스카프나 장갑 같은 선물도 꼭 준비해 왔다. 하지만 그것들은 신애의 취향이 아니라 분자 씨 만날 때만 착용했다. 매일 똑같은 생활의 반복이지만 분자 씨가 오는 날만은 작은 변화가 있었다. 신애는 보이스하임역으로 가기 위해 승마복을 입지 않고 긴 치마를 입고 발목까지 오는 코트를 걸치곤 했었다. 그날은 입 속에서 잠자고 있던 모국어가 모처럼 활개를 치며 튀어나왔다. 분자 씨가 요양원으로 들어가기 전에는 그 만남이 지겹더니 막상 오지 않으니 그립다. 전화를 해 봤더니 분자 씨는 그곳 생활에 무척 만족스러워했다. 요리솜씨 없는 분자 씨는 늘 밥할 것이 큰 걱정이었다. 신년에는 분자 씨 요양원으로 면회를 가봐야겠다고 생각했다.

느지막이 우비와 장화까지 신고 마장을 가기 위해 나선다. 마장에 가는 기색이 있으면 앞장서던 셜리가 신애의 손에 목 끈이 없는 것을 보고 우두커니 서서 본다. 비가 와. 넌 집에 있어. 신애의 말에 셜리는 알았다는 듯이 금방 수긍하고 자기 방으로 들어간다. 셜리는 신애의 말에 보채거나 반항하지 않는다.

사라예보 길거리를 떠돌던 셜리는 한 살 반의 나이로 신애에게 입양되었다. 처음 봤을 때 더러운 오물이 털에 덕지덕지 말라붙어 고린 냄새가 진동했다. 게다가 나쁜 기억이 있는지 잔뜩 겁에 질려 꼬리를 말고 사람을 슬금슬금 피했다. 신애가 입양하지 않으면 냄새 나고 꼬질꼬질하고 시커먼 개를 아무도 쳐다보지 않을 것 같았다.

예상했던 대로 서너 달이 지나도록 1km 산책 시키는 것도 힘들었다. 조금만 소리가 나도 엉덩이를 빼고 주저앉아 앞으로 나가려고 하지 않았다. 보이는 모든 것이 셜리에게는 짖지도 못할 만큼 죽음의 공포로 다가왔던 것이다. 신애는 동물과 교감하는 남다른 촉이 있었다. 셜리가 원하는 것을 금방 알아차리고 그대로 해주고는 인내와 사랑으로 보듬고 기다려주었다.

지금 셜리는 7살이 되었다. 혼자 알아서 식사도 하고 산책 시키면 배설을 하고 배부르면 자기 방에 가서 잔다. 사랑이와 외승 시 가이드도 도맡아 한다. 보통 때는 12km를 주말엔 16km를 끄떡없이 해낸다. 두 다리의 근육이 잘 발달 되어 지구력과 속력에 있어서 어떤 개도 셜리를 따르지 못한다.

특히 수영할 때 셜리는 얼굴에 물 한 방울 튕기지 않고 스피드하고 우아하게 호수를 건넌다. 멋진 요트 한 대가 물 위를 달리는 것 같다. 식당에 가면 셜리는 자기가 있어야 할 곳을 찾아 없는 듯 누워 있을 정도로 매너가 좋다. 동물병원에 데려가서 귓속 이물질 제거, 치석 제거, 예방접종을 해도 셜리는 그 귀찮고 두려운 과정을 잘 참고 견딘다. 의사들은 사람보다 더 말을 잘 알아듣고 처신한다고 칭찬이 자자하다.

우의를 뒤집어 쓴 얼굴에 빗물이 선뜻선뜻 닿는다. 해가 짧은 데다가 비까지 내리는 오늘 같은 날이 독일에서 가장 곤혹스럽다. 아무리 껴입어도 한기가 온 몸을 파고든다. 비는 어느 새 진눈깨비로 바뀌어 내리고 있다. 무겁게 내려앉은 잿빛 하늘은 어슴푸레하여 낮인지 밤인지 구분이 되지 않는다. 춥다. 추워서 저절로 어깨가 웅크러든다.

차 한 대가 마장 주차장에 서더니 늙수그레한 뮐러가 내린다. 장제사인 그는 약속한 날짜와 시간을 한 번도 어긴 적이 없다. 오늘은 사랑이 패티큐어(발톱수선)하는 날이다. 뮐러는 신애에게 손을 들어 아는 체 하고는 바로 마방으로 들어간다.

사랑이는 두 달에 한 번 자라난 발굽을 자르고 새로운 아이젠으로 간다. 처음 사랑이가 신애에게 왔을 때는 아이젠이 없었다. 그러나 외승시 600킬로의 몸무게를 네 다리로 의지해 다니려면 튼튼한 아이젠이 필요했다.

말 한 마리 키우는 것은 자식하나 키우는 것과 똑같다. 생명보험을 들고, 때 맞춰 예방접종을 하고, 자라난 발톱을 다듬어주어야 한다. 집에 마구간이 없으니 마방에 위탁해야 해서 매달 하숙비가 들어간다. 또 승마에 필요한 장비를 구입하고, 아프면 의사를 불러야하니 의료비도 만만치 않다.

가장 오랫동안 지속적으로 들어가는 것은 교육비다. 말이 안전하게 달릴 수 있을 때까지 트레이닝을 시켜야 한다. 어린 아이처럼 유치원부터 초 중 고 대학과정까지 단계를 밟아야 하고 필요하면 평생 교육까지 시킨다. 하지만 사랑이의 트레이닝은 조련사를 시키지 않고 신애가 직접 맡고 있어 교육비는 지출하지 않는다. 말 트레이닝을 위해 신애는 독일에 있는 말에 관한 책을 모두 샀다. 신애의 책꽂이에는 온통 말 관련 서적들뿐이다. 그 책을 보기 위해 신애는 독일어를 열심히 공부했다. 덕분에 지금은 독일 사람과 똑같이 책을 보고 스피치를 한다.

페티큐어는 세 시간이 걸리는 작업이다. 4시면 어두워지는 독일의 겨울날에다 날씨까지 사나우니 뮬러는 서둘러서 작업을 시작했다. 꼼꼼하게 일하는 뮬러의 모습을 보면 저절로 고개가 숙여진다. 그는 신애가 만난 장제사 중 최고다. 일의 집중도와 일에 대한 자부심이 대단하다. 못을 하나 박아도 녹슬지 않는 항균 못으로 초mm를 재서 못 뺀 곳을 메꾸고 굽 닳은 곳을 살펴서 발굽을 자르고 교정한다. 마치 세공사가 섬세하게 보석을 세공하는 것 같다.

신애는 사랑이 발바닥에 아이젠 박는 모습을 차마 볼 수 없어 밖으로 나왔다. 아직까지 진눈깨비가 내린다. 눈은 녹아가면서 제법 질퍽하게 쌓인다. 꼭 아버지가 개간한 광활한 염전 결정지에 소금꽃이 피어나는 모습이다. 결정지에서 밀대로 소금을 모으면 꼭 저 모양으로 바닷물과 섞인 소금꽃이 피어난다.

아버지는 무녀도 갯벌을 개간해 염전을 만들었다. 무녀도는 장구모양의 섬과 그 옆에 술잔처럼 생긴 섬 하나가 붙어 마치 무당이 너울너울 춤추는 형상이라 하여 붙여진 이름이다. 아버지는 해마다 염전을 점점 더 크게 개간했다. 염전 크기가 늘어날수록 어머니들이 늘어났다. 둘째 어머니 셋째 어머니. 어머니들은 모두 한 집에서 시기 질투 없이 행복하게 살았다. 신애의 유년은 늘 왁자지껄한 잔칫날 같았다. 막내딸인데다가 몸이 유난히 허약했던 신애는 늙은 어머니에게 뿐 아니라 둘째 어머니 셋째 어머니의 사랑과 보살핌을 한없이 받으며 자랐다. 무녀도에서 신애는 언제나 공주였다.

아버지는 신애에게 말했다. 모든 어머니가 서로 사랑하는 것은 모두 다 공평하게 사랑을 받아서 그래. 사랑은 받아 본 사람만이 나누어 줄 수 있단다. 너는 많은 사랑을 받고 자랐으니 네 주위 사람들에게 듬뿍 퍼 줄 수 있을 거야.

아버지는 박애주의자였다. 셋이나 되는 아내와 열 명이나 되는 자식을 모두 똑같이 사랑했다. 그 중 이십 대인 셋째 어머니는 아버지가 염전에 소금 사러온 소금장수에게 시집보냈다. 너무 젊어 무녀도에 두기가 애처롭다고 했다. 혼수를 바리바리 싸서 보내는 모습이 꼭 딸을 시집보내는 것 같았다. 가지 않겠다고 울며불며 매달리는 셋째 어머니를 무녀도 식구들은 눈물로 바라보았다.

오래오래 말발굽을 다듬던 뮬러는 일을 끝내고 만족스럽게 웃으며 말했다.

"리베는 별 다섯 개를 줄 만한 환상의 고객입니다. 모든 말이 리베 같지는 않습니다. 대부분 무서워하고 움직이는 바람에 작업이 힘들지요. 당신은 말을 대범하고 침착하고 의연하게 교육을 시켰습니다. 발바닥에 아이젠을 박는다는 것은 얼마나 무서운 일입니까. 말은 주인 닮는다는데 당신이 그렇습니까?"

독일인 치고는 왜소한 몸에다가 어머니가 헝가리언이라는 뮬러는 갸름한 얼굴이다. 그가 웃으면 얼굴의 반은 입이어서 보는 이도 즐겁다. 오늘은 가벼운 농담까지 한다. 가방 속에서 크리스마스 선물이라며 잘 포장된 선물 꾸러미를 건넸다. 그는 자신이 한 일에 완벽했고 언제나 만족해했다.

처음 사랑이란 이름의 뜻을 물어서 독일어로 리베라고 가르쳐 주자 그는 줄곧 사랑이를 리베라고 불렀다. 독일 말(馬)인 사랑이는 신기하게 리베라고 불러도 기쁘게 반응을 했다.

"당신은 당신 자식과 당신 남편도 말처럼 훌륭히 교육시켰을 테죠."

뮐러는 여전히 활짝 웃으며 말했다.

신애는 개나 말 같은 짐승을 좋아한다. 그들은 훈련시키면 그대로 따르기 때문이다. 사랑이가 처음 신애에게 왔을 때 엄살이 심했다. 피 뽑고 예방주사 맞을 때나, 몸을 닦아 줄 때나, 페티큐어할 때 겁을 내며 심하게 뒷발질을 했다. 다른 말이 가까이 오는 것도, 마구간 앞을 지나가는 것도 싫어서 히히힝 소리를 지르며 마구 날 뛰었다. 그러던 것을 신애가 체계적으로 연습을 시켰다. 서열정리도 확실히 해 두었다. 처음에는 신애가 마구간에 들어가도 쳐다보지 않고 밥을 계속해서 먹었었다. 지금은 밥을 먹다가 신애가 들어가면 반색을 하고 신애에게로 다가온다. 말의 얼굴은 길고 단순해 표정이 없어 보이지만 신애는 말의 표정을 금방 읽을 수가 있다.

파킹 연습은 매일 해야 한다. 처음에는 성질이 급해 기다리지 못하고 움직였는데 지금은 부를 때까지 기다린다. 손가락만 가르치면 마구간에도 혼자 들어간다. 이 훈련은 생명과 직결이 되어 아주 중요하다.

말의 일상생활은 온통 트레이닝이다. 하지만 암내 날 때 흥분하는 것만은 아무리 트레이닝 시켜도 자제하지 못했다. 푸~푸 하는 입 방구 소리를 내며 꼬리를 치켜 올리고 공작이 꼬리를 피는 것처럼 꼬리를 펴서는 백조의 호수에 나오는 발레리나처럼 우아하고 아름답게 수놈에게 어필하고자 한다. 이 본능적인 행위를 할 때만은 수말이 서열 1위고 신애가 2위로 밀려난다. 암내는 늘 풍기는 것이 아니니 그때만큼은 용서해준다.

인간세계에서도 트레이닝은 존재한다. 남편은 신애를 말 훈련시키듯이 트레이닝 시켰다. 혼자 집 밖을 15분도 나가지 못하게 했다. 시장을 봐야할 때는 반드시 남편이 데리고 갔다. 집 안에 골프 연습장을 마련해 놓고 남편이 직접 골프를 가르쳤다. 독일에 사는 한인들과 골프를 치러 나갈 때는 최고로 좋은 골프클럽에 화려하고 사치스러운 옷을 사 입혔다. 신애는 그들 앞에서 세상에서 가장 행복한 여자인 양 웃으며 연기를 했다. 신애는 그가 훈련시킨 대로 가라면 가고, 오라면 오고, 말하고 행동해야 했다. 한국에서 독일까지 8000킬로미터가 넘는 거리에서 신애가 할 수 있는 것이란 남편에게 적응하며 사는 방법밖에 없었다. 그렇게 남편은 신애를 트레이닝 시켰다.

형부의 친구인 남편은 전자회사 독일지사에 근무하고 있었다. 형부의 소개를 받아 처음에는 편지로 연애를 시작했다. 신애가 동봉한 사진을 받은 날 그가 독일에서 전화를 걸었다. 그는 달걀모양의 얼굴에 초승달 같은 눈썹과 얇은 외까풀을 한 신애의 독사진을 보고 한 눈에 반했다. 게다가 신애는 세모시 고운 한복을 입고 있었다. 막 컬러 사진이 나왔을 때였다. 바다 빛의 치마와 연한 하늘빛의 저고리에 바다 빛의 넓은 저고리 끝동이 눈에 확 띄었다. 스물세 살 대학 봄 축제 때 장미 밭에서 찍은 사진이었다.

40년 전 두 사람은 유선전화기에 매달려 밤새 통화를 했다. 신애는 고등학교 세계역사 시간에 2차 세계대전을 일으킨 독일에 대해서 배웠다. 당시는 패전국이었던 독일 국민이 똘똘 뭉쳐 라인 강의 기적을 일으키며 부활해 세계인이 놀라고 있을 때였다. 사랑은 그곳이 얼마나 먼 곳인지, 전화 요금이 얼마나 나오는지에 대해서 무감각하게 만들었다.

전화국 직원이 그의 집에 왔다. 전화가 고장이 났는지 확인하기 위해서였다. 확인한 결과 전화가 고장 난 것은 아니라고 했지만 그는 고장이 났다고 우겼다. 고장이 나지 않고서야 그렇게 많은 전화요금이 나왔겠느냐며 전화국 직원이 어느 정도 인정해주었다. 할인 받고 또 받은 후에 그는 만 마르크의 전화 요금을 지불했다. 독일에 간 우리나라 광부의 한 달 월급이 천 마르크였다.

신애가 독일에 갈 당시 한국의 시골 부엌은 대부분 연탄아궁이였다. 벽에 나무 찬장을 걸어놓고 식수는 우물물을 길어 사용했다. 냉장고 있는 집은 거의 없었다. 집에 텔레비전을 하나하나 놓기 시작할 때였다. 신애의 집은 동네의 유지라 흑백 티브이가 있었다. 김일 선수의 레슬링 시합이 있는 날에는 사람들이 마루로 몰려와 빼곡히 앉아 시청했다. 신애가 처음 가서 본 독일은 집안에 대형 냉장고와 가스레인지와 청소기와 세탁기까지… 그것은 천국의 모습이었다.

남편의 임기가 끝나자 한국으로 발령이 났다. 그들은 고민에 빠졌다. 돌아갈 것인가 독일에 남을 것인가. 그는 사표를 내고 한식당을 열면 어떻겠냐고 물었다. 신애는 흔쾌히 동의했다. 신애는 가정과 출신이었다. 음식이라면, 특히 한식이라면 관심이 있어 하선정 요리학원을 다니며 딴 조리사 자격증도 있었다. 독일은 한국 간호사와 광부가 많아 무 배추 같은 한국 야채들을 어렵지 않게 구할 수 있었다. 당시 한국 축구선수가 독일에 꽤 많았다. 그들은 시합이 끝나고, 또는 시합이 없는 날에는 그들의 음식점에 와서 살았다. 독일에서 김치는 음식에 있어서 신앙과도 같았다. 맛이 있건 없건 간에 김치만 있으면 그곳이 어디든 찾아다녔다. 그들은 신애가 담은 김치를 먹기 위해 뮌헨에서까지 달려왔다.

회사에 다닐 때도 조금씩 징조를 보이던 남편의 병적인 집착은 식당을 하면서 심하게 나타났다. 손님들은 언제나 신애의 외모와 함께 신애가 개발한 음식에 놀라워했다. 남편은 신애에게 사소한 것까지 지시를 했다. 독일에 와서 보니 밤마다 전화로 사랑을 속삭이며 만 마르크를 지불하던 것은 사랑이 아니고 그의 병이란 것을 알았다. 남편은 신애를 자기가 만든 규율 속에 가두어놓고 트레이닝 시키려고 했다. 인간은 이성을 가진 동물이다. 배부르고 등 따습다고 다 만족하지는 않는다.

잘 훈련된 말 같았던 신애가 오십이 되던 해에 반란을 일으켰다. 남편과 상의하지 않고 말을 샀다. 집에 마구간이 없으니 마장에 위탁했다. 마장에서는 아침에 말을 초원에 풀어놓고 풀을 먹이고 오후에는 마구간에 데려다 놓는다. 오후에는 주인이 말을 관리해야 한다. 말의 털을 빗어주고 마사지 해주고 산책 시키고 훈련 시키는 것은 말 주인의 몫이다. 점심 손님들이 가고 나면 식당은 종업원들에게 맡기고 신애는 오후 내내 밖에서 말과 함께 살았다.

남편의 눈에서 불이 일어났다. 말에게 들어가는 비용을 가지고 트집을 잡기 시작했다. 공중에 만 마르크의 전화요금을 뿌려댈망정 말에게 들어가는 일체의 비용은 아까워하며 간섭을 했다. 저 새끼는 돈을 한없이 잡아먹어. 그 돈이 다 똥이 되어 나온단 말이야. 그 똥도 돈 주고 치워야 하잖아. 그런 걸 왜 키워. 당신 바보천치 아냐? 남편은 말을 돌보기 위한 신애의 오후 외출을 못견뎌했다.

한인식당에서 신애가 개발한 음식은 한인 뿐 아니라 독일 사람들 입맛까지 사로잡아 식당은 언제나 사람들로 북적댔다. 신애는 자기 앞으로 연금을 따로 들었다. 외국이란 나라에서 철저하게 자기 보호장치를 해 놔야한다는 생각에서였다. 나야 저 말 새끼야? 저 말 새끼. 말 새끼란 욕을 들었을 때 신애는 남편과 이별할 날이

가까워 왔음을 알았다. 남편이 떠나는 것이 조금도 두렵지 않았다.

그날 남편이 가방을 들고 방에서 나왔다. 이미 오래 전부터 각 방을 쓰고 있었기 때문에 신애는 놀라지 않았다. 남편은 가방을 들고 서서 신애가 무슨 말인가를 해 주기를 바라거나 하는 것처럼 현관 앞에서 머뭇거렸다.

"지금이라도 늦지 않았어. 말 새끼야 나야. 저 새끼를 보내면 안 떠날게."

"떠나요."

남편은 떠나라는 말에 놀라 신애를 바라보았다.

"다시 물어. 저 새끼야 나야?"

그가 다시 한 번 말했다.

"저 아이는 내 자식이에요."

"저건 페어드(pferd). 말. 말이야. 짐승일 뿐이라고."

"당신은 떠나고 싶은데 말 평계를 대는 거라고요. 당신에게 숨겨놓은 여자가 있다는 것도 알아요. 당신은 처음부터 나를 사랑하지 않았어요. 집착하고 소유하고자 할 뿐이지요. 마음은 이미 떠났고 이제야 몸이 떠나려 하는 것이지요. 저 말 탓하지 말고 떠나고 싶으면 떠나요. 난 지금 행복해요. 말을 기르지 않았을 때 나는 전혀 행복하지 않았어요."

남편은 어떠했는지 모르지만 신애는 남편에 의해 일방적으로 길들여진 결혼생활이 감옥 같았다. 사랑이를 기르고부터 비로소 신애는 행복했다. 남편은 무언가 들킨 것 같이 당황하며 가방을 들었다. 그는 자존심이 몹시 상한 듯 마지막 인사도 없이 뒤 한 번 돌아보지 않고 떠났다. 떠나는 남편의 등 너머로 한 여자의 모습이 아른거렸다. 남편은 신애에게 한 번도 그 여자 얘기를 하지 않았다. 하지만 언제부터인지 신애는 그의 등 뒤에서 어른거리는 그 여자의 그림자를 읽을 수 있었다.

여자는 바쁜 시기에만 잠시 불러다 쓰는 식당 종업원이었다. 독일에서 한국사람 찾기는 쉽지 않다. 처음 여자가 일을 왔을 때 신애는 남편 말고 한국말을 함께 나눌 수 있는 그 여자가 좋았다. 간호사로 독일에 와서 광부와 결혼했으나 남편이 죽은 후 혼자 산다는 여자는 아르바이트로 일이 있는 곳은 어디나 다닌다고 했다. 여자는 상냥했고 예뻤고 가끔 우울한 모습으로 서 있었다. 그 모습이 애달파 보여 여자가 오는 날에는 남편보다 신애가 더 여자를 기다렸다. 바쁠 때면 아니 후에는 바쁘지 않더라도 종종 여자를 불렀다. 어느 날 한인 모임이 있어 여자를 불러놓고 나갔다가 왔다. 그 이후 여자는 불러도 오지 않았다. 대신 가끔 남편이 어디론가 갔다가 오곤 했다. 그때부터 신애는 남편과 각방을 썼다.

남편의 신애에 대한 집착은 생각보다 오랜 시간 지속되었다. 독일은, 아니 유럽은 성에 대해 개방적이다. 성의 구분이 별로 없다. 동성끼리 하는 사랑도 놀랍지 않다. 동성 간의 결혼이 합법화되어 결혼할 수 있는 나라도 있다. 신애가 독일에 와서 가장 놀란 것은 혼탕 사우나가 있다는 것이었다. 입구와 탈의실은 남녀 구분이 되어 있지만 일단 안에 들어가면 남자 여자 할 것 없이 모두 같은 시설을 이용한다. 벌거벗은 남녀가 같은 사우나 방 안에서 마주 보고 앉아 있고, 노천탕에서는 남녀가 함께 수영을 하고 자외선이 내리쪼이는 방에서는 잠을 자기도 한다. 독일 여자들은 크고 어깨가 벌어져 여자라기보다 중성에 가깝다. 다리가 굵고 엉덩이 역시 크다. 혼탕에 오는 여자들은 모델 같은 젊은 여성은 드물다. 대부분 나이가 든 뚱뚱한 여자들이 많다. 그래서인지 그들의 노출이 그다지 외설스럽게 느껴지지 않는다. 모르는 남녀가 함께 사우나탕에 앉아있는 것이 아무렇지도 않은 개방적인 나라에서 그는 오랫동안 신애에게 집착하며 살았다.

남편이 떠나는 모습을 보며 그들에게 아이가 있었다면 어땠을까 하고 생각했다. 그 먼 타국에서 아이라도 하나 있으면 마음 붙이고 살 수 있을 것 같았다. 신혼 때부터 그들은 아이를 갖기 위해 온갖 노력을 했다. 그럼에도 불구하고 아이는 생기지 않았다.

어릴 때부터 몸이 약한 신애는 몸에 좋다는 것은 다 먹었다. 계란 노른자를 꿀에 타서 장기 복용했고, 고기가 귀하던 시절에도 신애의 밥상에는 고기가 올라왔다. 신애는 아이를 기다리며 불임이 허약한 자기 몸으로 인한 것이라고 생각했다. 미루고 미루다가 병원에 간 것은 결혼한 지 6년만이었다.

신애는 생리가 시작되고 3일째 되는 날 가서 피검사를 받고 또 생리가 끝난 직후에 한 번 더 가서 검사를 받았다. 남편에게는 3일 이상 금욕을 하고 아무 때나 오라고 했다. 남편은 한 달 내내 금욕을 하고 갔다. 간호사가 남편을 방으로 인도했다. 2평 남짓한 방에 조명이 은은했다. 바로 앞 눈높이에 텔레비전이 놓여 있고 그 옆에 티슈가 있었다. 쇼파에는 1회용 시트가 깔려 있었다. 정상적인 남성의 경우라도 정액검사라는 의외의 환경에서는 발기 및 사정이 일시적으로 어려울 수 있습니다. 15-20분 정도까지 시도 후 채취가 어려우면 진료실에 재 상담을 하십시오, 라고 친절하게 쓰여 있었다.

신애는 두 번의 검사를 받고 남편은 한 번의 검사를 받았다. 그 결과 불임의 원인은 남편에게 있었다. 신애의 배란이 정상적이었던 반면 남편은 희소정자증이란 판정을 받았다. 1미리 리터당 정자 수가 1,500만 마리 이하일 경우에 희소정자증 판명을 받는다. 이는 정자수가 부족한 경우이기 때문에 자연임신이 절대 불가능은 아니지만 운동이 부족하면 기형아인 정자가 많으므로 임신이 쉽지가 않다고 의사는 말했다.

윤기가 자르르 흐르는 다크 브라운 모색을 가진 사랑이는 스위스 알프스 고산지역에 있는 목장에서 혈통이 좋은 부모 밑에서 태어났다. 3살 때부터 유능한 트레이너로부터 교육을 받았다. 걸음

걸이와 달리기 높이뛰기 테스트에서 100점 만점에 97.3의 높은 점수를 받았다. 하지만 꼭 점수가 높다고 좋은 것은 아니다. 사람에게 얼마나 친절한지, 얼마나 균형 잡힌 멋진 몸매인지, 또 걸을 때의 모습이 얼마나 매혹적인지를 따져봐야 한다. 이 모든 테스트를 거쳐 꽤 많은 유로화(마르크화가 나중에 유로화로 통합되었다)를 지불한 후에 사랑이는 신애에게로 왔다.

말은 수명이 30년 안팎이고 지능지수는 개와 비슷한 70-80정도여서 성장기에 있는 어린아이의 지능과 비슷하다. 하지만 사랑이는 그보다 조금 더 높은 지능을 가진 듯 했다. 신애의 기분이 언짢은 날은 어떻게 아는지 주변을 떠나지 않고 온갖 애교를 떨었다. 몇 번 훈련시키니 뒤에서 허그를 하고 또 훈련시키니 신애의 앞에서 댄스까지 했다. 신애를 만나면 뒷다리로 일어서서 앞 다리로 꼭 껴안았다. 뱃속으로 난 자식이 있다 해도 이토록 사랑스러울 수 있을까 싶었다. 사랑이가 신애에게 감정 표현하는 것을 보고 남편의 눈에서는 질투의 불꽃이 이글거리며 타올랐다. 마장에 가 있는 시간이 너무 길다, 동물과 스킨십은 불경스러우니 삼가라, 아예 말과 키스를 해라, 섹스를 해라… 꼭 바람난 아내의 남자에게 질투하듯 했다. 그러더니 그 꼴을 더 이상 보지 못하겠다고 둘 중 하나를 택하라며 가방을 싸들고 나갔다. 밖에 여자가 있었지만 공식적인 이유는 말 때문이었다.

뮬러가 일을 마치고 가방을 들고 나오자 신애는 마장 스토어에서 뜨거운 커피 두 잔 뽑아 와 한 잔을 건넸다. 뮬러는 사랑이를 관리해 주는 일종의 주치의 역할을 한다. 4개월에 한번 구충제를 먹이느냐 가끔 배 마사지를 해 주느냐고 묻는다. 신애는 뮬러의 말에 충실히 따르고 있다고 말했다. 뮬러는 사랑이의 치과 진료 날짜를 물었다. 신애는 2주후 화요일이라고 말했다. 먼저 오던 치과 의사는 네델란드 사람인데 앞니 치석을 제거하지 않고 그대로 가 버렸다. 의사가 가고 나서 살펴보니 치석 낀 것이 남아있어 신애의 입안까지 꺼림칙했다. 뮬러에게 말하니 구렛나루가 시커멓게 난 유능한 독일 의사를 소개시켜 주었다. 그는 뮬러의 친구였다.

말은 얼굴이 길어 치열 역시 길다. 송곳니는 없고 어금니는 크며 잇몸 밖으로 드러난 이빨이 커서 풀을 짓이겨 먹을 수 있다. 앞니와 어금니 사이에는 이가 없는 부분이 있다. 이러한 구강구조로 인해 말은 치아 관리가 중요하다. 의사는 자라난 어금니를 쇠로 갈고 앞니에 낀 치석을 제거하고 턱뼈를 교정하고 손을 넣어 입안 청소까지 깔끔히 해 주었다. 신애는 일 년에 스케일링을 한 번 하지만 사랑이는 일 년에 두 번 한다. 이를 갈고 턱뼈 교정을 할 때 한국에서는 마취주사를 놓고 한다. 사랑이는 이 모든 것을 마취 없이 할 수 있다. 어떻게 마취 없이 할 수 있냐고 사람들은 묻는다. 모든 것은 트레이닝이다. 아이들이 학교에 가서 수업시간에 집중 못하고 왔다 갔다 하는 것을 가르쳐 집중시키는 것처럼 말에게도 순순히 응하게 계속해서 가르친다. 사랑이를 만나고부터 신애는 인내심이 많은 유능한 트레이너가 되었다.

신애는 어린이집 아이들처럼 놀이로 사랑이를 트레이닝 한다. 스트레스 받지 않고 재미있으면서 효과적으로 짧게 하는 것이 포인트다. 소꿉장난처럼 말끼리 소통 하는 법도 가르치고, 의사놀이나 그림자놀이처럼 말들 사이에서 사회성도 가르친다. 그 놀이를 반복적으로 복습과 예습을 시킨다. 그렇게 말과 서로의 언어를 배워간다. 말은 동물이지만 신애에게는 파트너도 되고 친구도 되고 가족도 된다. 기쁠 때나 슬플 때나 건강할 때나 아플 때나 검은 머리 파 뿌리 될 때까지… 결혼식장에서 한 이 서약은 유리조각처럼 깨질 수 있지만 말과 한 서약은 한 쪽이 죽기 전에는 절대로 깨지지 않는다.

뮬러는 사랑이 치과 진료 날에 예약된 일이 없으면 놀러오겠다는 말을 남기고 돌아갔다. 가끔 뮬러는 치과의사가 오는 날 함께 오곤 했었다. 뮬러는 사랑이처럼 영리하고 애교가 많은 말은 보지 못했다며 칭찬이 대단하다.

진눈깨비는 종일 그치지 않았다. 바람까지 몹시 불어 나무들이 다 뽑혀 나갈 것 같다. 사랑이의 외승을 생략하는 날은 극히 드물다. 하지만 오늘은 생략하기로 했다. 대신 신애는 사랑이를 오래오래 안았다. 사랑이의 체온이 신애의 심장을 뜨겁게 한다. 아이를 안고 있으면 이런 감정일까.

진눈깨비는 그쳤지만 여전히 질척거리고 바람이 불어 눈 뜨기가 힘들다. 길 양 옆으로 우람한 나무들이 빼곡히 서 있는 이 숲길은 280킬로로나 이어져있다. 입구에 푯말이 보인다. 잊지 마세요. 여기에 저희가 살고 있다는 것을… 3월부터 7월까지는 저희가 새끼를 낳고 양육하는 기간이니 조용한 휴식이 필요합니다. 숲 관리인이 노루나 야생토끼를 위해 써 놓았다. 셜리는 이곳에 오면 언제나 아주 얌전히 걸었다.

셜리가 신애의 발자국 소리를 듣고 어리광 피우는 소리가 들린다. 셜리를 입양하기 위해 신애는 오랜 시간을 심사숙고했다. 이 개를 죽을 때까지 가족으로서의 의무와 책임을 다하며 사랑할 수 있는지, 비가 오나 눈이 오나 산책을 시켜야하고, 식비 병원비 보험료, 일 년에 한 번 내는 세금을 낼 수 있는지를 심사숙고한 끝에 입양을 했다. 셜리를 입양하고 나서 동물병원에서 셜리의 고유번호를 입력하고, 보험에 가입하고, 세금을 내고, 시에서 보낸 문제집을 공부해 운전면허 따듯이 시험을 봐야했다. 개 고유번호 보험증서 시험합격증을 보내면 세금이 측정되고 세금을 납부하면 개 목에 거는 메달이 나왔다. 만일 개목에 이 메달이 없이 다니면 많은 세금을 물어야 한다.

셜리는 외승시 언제나 앞장서서 길을 인도한다. 대부분 외승은 마장사람들과 서넛이 짝을 지어나간다. 외승을 나갈 때는 언제나 사랑이가 맨 앞에 서서 꼬리를 휘날리며 다른 말들을 리드한다.

가끔은 사랑이를 뒤에 세우고 다른 말의 지시를 따르게 한다. 그렇지 많으면 오만해져 다른 말을 업신여기게 되기 때문에 가끔은 그런 훈련도 필요하다. 외승의 속도가 느리면 셜리는 앞에서 안절부절 한다. 말하자면 셜리는 숲속 나들이의 감독관이다. 다른 날 같으면 숲속을 뛰어다니며 사냥개의 본능을 발휘하겠지만 오늘은 진눈깨비가 내려 집에 있으라고 했더니 어지간히 심심했었나 보다. 어리광 소리가 점점 더 커진다. 현관문을 여니 셜리가 신애의 발아래 엎드린다. 신애는 셜리를 오래오래 쓰다듬어준다. 셜리와 사랑이는 우리 집 행복바이러스다. 그들은 신애가 주는 것보다 더 많은 것을 신애에게 돌려준다.

4시가 넘은 시간인데도 어두워 밤 같았다. 이럴 때는 아랫목에 이불이 깔린 무녀도 집이 생각난다. 이불 속에 늦게 들어오는 식구들을 위해 밥그릇을 묻어놓으면 밥은 뜨겁지도 차지도 않고 적당히 식어있었다.

페치카에 장작을 넉넉히 집어넣고 불을 피웠다. 집안이 금방 훈훈해졌다. 그때서야 종일 으스스했던 몸이 풀리고 얼었던 얼굴이 달구어졌다. 한인마트에서 사다놓은 누룽지를 끓였다. 이렇게 춥고 을씨년스러운 날을 대비해 신애는 늘 누룽지를 준비해 두었다. 뜨거운 숭늉차를 만들기 위해 물을 넉넉히 붓는다. 구수한 누룽지 끓는 냄새가 주방에 가득 퍼진다.

아버지는 돌아가시기 전까지 푹 끓인 눌은 밥으로 연명을 했다. 위독하다는 얘기를 듣고 무녀도로 달려갔을 때 아버지는 눈을 감지 못하고 있었다. 막내딸인 신애를 기다리는 거라고 둘째 어머니가 말했다. 신애가 아버지의 손을 잡자 아버지는 고맙다는 말을 겨우 하고 눈을 감았다. 고맙다는 말의 의미를 신애는 안다. 아버지는 다른 곳에 있는 선산을 무녀도에 마련하고 싶어 했다. 신애는 독일로 오기 전에 근무하던 은행에서 받은 이 년 치 월급으로 아버지의 소원을 들어드렸다. 지금 아버지는 아버지가 원하는 곳에서 편히 잠들고 계시다.

양로원에 있는 분자 씨에게 전화를 해 크리스마스 인사라도 나눌까 생각하는데 핸드폰이 울린다. 신애는 분자 씨인가 하고 전화를 받았다. 대전에 사는 언니로부터 걸려온 전화다. 한동안 소식이 뜸했다. 언니는 자기의 신상이 편할 때는 전화가 없다가 하소연 하고 싶을 때만 전화를 한다. 한 번 전화가 오면 남편과 연애할 때보다도 더 긴 대화를 한다. 그 당시는 만 마르크를 지불했지만 지금은 아예 전화요금을 한 푼도 내지 않는다.

언니는 둘째 어머니 딸이지만 그들은 한 어머니의 자식으로 호적에 올라가 있다. 언니는 일주일 먼저 세상에 나왔다. 동갑이지만 호적 나이로는 신애가 1년 늦다. 일주일 늦게 나온 신애를 그대로 호적에 올리면 사람들이 영문을 몰라 할 것이니 신애를 한 살 덜 먹게 한 것이다. 하지만 언니와 신애는 동급생이다. 아버지는 어머니와 둘째 어머니를 동시에 사랑을 하고 일주일 간격으로 수태시켰다. 아버지는 종마 같았다.

둘째 어머니는 양장점을 운영했다. 요즘 말로는 디자이너다. 그렇게 예쁘고 유능한 어머니가 어떻게 아버지의 두 번째 여자가 되었는지 모르겠다. 둘째 어머니는 당신 딸보다 신애에게 더 많은 옷을 해 입혔다. 둘째 어머니가 해 준 원피스를 입고 학교에 가면 아이들이 몰려와 옷을 만졌다. 서울로 유학 가서는 언니와 함께 자취를 했다. 언니는 큰어머니 딸인 신애를 꼭 상전 섬기듯이 봉양을 했다. 밥하고 빨래하고 연탄 갈고… 다 언니가 했다. 신애는 언제나 몸이 약한 동갑내기 동생이었다. 언니는 자식들 다 출가 시키고 몇 년 전에 남편을 잃었다. 영상 통화할 때마다 외롭다고 운다. 우울증 치료를 받아보라고 말했다.

"괜찮니? 넌 자식도 없고 남편도 떠났잖아. 그래도 괜찮아?"

언니가 물었다.

사랑이를 키우기 전에 신애는 심한 우울증을 앓았다. 남편의 집착이 점점 병적으로 변해가자 신애는 사는 데 의욕이 나지 않았다. 신애의 증상을 듣더니 의사는 말을 길러보라고 권했다. 그래서 사랑이를 기르게 되었다. 강아지 설리는 남편이 떠난 직후에 신애에게 왔다.

"괜찮아."

"그 먼 나라에서 정말 괜찮아?"

언니는 이상하다는 듯이 자꾸자꾸 괜찮으냐고 묻는다.

"괜찮대두 그러네."

"내가 이렇게 외로운데 너는 어떻게 괜찮을 수가 있어."

정말로 괜찮다. 남편과 살 때보다 행복하다. 누구로부터 사랑을 몽땅 받고 있다고 느끼면 외롭지 않다. 그 누가 인간이든 동물이든 상관이 없다.

"한국에 들어와 나랑 같이 살자. 우린 자취도 함께 했었잖아. 지금 생각해 보면 아버지와 함께 살던 그 시절이 제일 행복했었어. 아버지는 어떻게 그 많은 식구들을 작은 불협화음도 없이 모두 행복하게 거느리셨을까? 우린 한 식구 건사하기도 힘든데 말이야."

"아버지는 모든 식구들을 하나하나 트레이닝 시켰어. 이 사람은 여기에 맞게 저 사람은 저기에 맞게 하나하나 개인 트레이닝을 시킨 거야. 어머니들은 또 서로서로 트레이닝을 시키고… 우리 형제 다섯에 언니네 형제 넷, 그리고 셋째 엄마네 형제 하나 합이 열이잖아. 아버지는 유능한 트레이너야. 나도 이젠 아버지에게 받은 기술을 마음껏 발휘할 거야."

"어머나 너 연애하는구나?"

"연애는 무슨… 말을 길러. 나만 목 빠지게 기다리고 나만 사랑하는…"

"말? 말을 왜 길러. 난 그게 무슨 말인지 도무지 모르겠구나. 참 너… 결혼생활은 행복했니?"

"아니… 언니는?"

"나도."

"무녀도 식구들 아마도 다 행복하지 않았을 거야. 그곳에 있을 때만 행복할 수 있었어. 셋째 엄마 생각나? 무녀도 떠나는 날 울고 불고 하던…"

소금장수는 아버지가 그토록 애지중지했던 셋째 엄마를 술만 먹으면 개 패듯 때렸다. 아버지의 호적에 오른 막내딸의 어머니가 셋째 어머니라는 것을 알고부터였다. 아버지 돌아가시고 나서 셋째 어머니가 무녀도로 몇 번 도망쳐 나온 것을 소금장수가 와서 끌고 갔다. 결국 셋째 어머니는 미쳐서 무녀도로 돌아왔다. 무녀도 바닷가 해변을 헤매고 다니던 셋째 어머니는 어느 날 시체가 되어 해변에 누워있었다. 그 위로 노을이 활활 타올랐다.

말은 본능적으로 주인을 시험한다. 과연 자신의 생명을 맡길 만한 주인인지 아닌지 시시때때로 시험을 한다. 여기서 통과해야만 주인의 명령대로 불길에도 뛰어들고 물에도 뛰어들고 맹목적인 순종을 한다. 말의 언어는 단순하다. 아니면 아니고 기면 기다. 인간이 사용하는 중간 언어들 어쩌면, 혹시, 그럴지도… 오락가락하는 기분에 따라 확신이 없는 이런 말을 한다면 말은 신뢰하지 않는다. 말은 그런 리더를 따르지 않는다.

아버지가 만든 세계는 말의 세계와 같았다. 만일 높은 곳에서 뛰어내려도 내가 두 팔로 받을 수 있으니 나만 믿고 뛰어내리라고 하면 몇 명이나 뛰어내릴까. 아버지는 당신 왕국에 오면 언제든 어떤 경우든 보호해주고 행복하게 해 주겠다는 약속을 하고 철저히 지켰다. 그곳은 두려움도 외로움도 결핍도 미움도 시기도 질투도 없었다. 오로지 사랑과 평화와 행복만이 가득했다. 신애가 사랑이와 설리를 생각하면 그러하듯이… 언니가 아무리 한국으로 돌아와 함께 살자고 해도 이 아이들이 있는 한 신애는 여기 머물 것이다.

잠자리에 들기 전에 페이스북에 들어갔다. 아침에 애마 카사노바가 세상을 떴다고 우울해하던 어떤 이가 애마를 회상하며 담담하게 글을 올렸다.

"그는 포르투갈에서 태어나 독일의 뮌헨에서 교육 받고 한국으로 와서 종마로서 많은 자손들을 퍼뜨린 카사노바의 원조였다. 암말이 다가오기 전에는 절대 서둘러 덤비는 경우가 없던 선수였다. 푸른 눈에 붉은 살색과 흰털을 뽐내던 녀석이었는데 유전적으로 나타나는 항문주변에 많은 암 종양에 그만 무릎을 꿇었다. 그의 영혼은 저 푸른 창공을 날아다닐 거다. 녀석이 나보다 먼저 갔으니 형님이다."

말 말 말. 온통 말이다. 달리는 말 등에는 무녀도 식구들이 올라타고 있다. 아버지 어머니 둘째 어머니 셋째 어머니 언니 동생들… 무질서한 것 같지만 그들은 모두 어떤 규칙에 의해 움직이고 있다. 자세히 보니 맨 앞에는 사랑이가 꼬리를 휘날리며 달리고, 맨 뒤에서는 말 한 마리라도 처질까봐 설리가 이리 뛰고 저리 뛰고 있다. 땅을 달리던 군마가 일제히 하늘을 향해 솟구쳐 오른다. 창공을 얼마쯤 달렸을까. 발아래를 내려다보니 장구모양의 섬이다. 그 옆에 술잔처럼 생긴 섬 하나가 붙어있다. 마치 무당이 너울너울 춤추는 형상이다. 섬은 복사꽃으로 덮혀 있다. 꽃이 자지러지게 웃는 소리가 창공까지 들려온다. 사랑과 행복이 파도처럼 밀려온다. 파도 위로 말발굽소리가 배경음악처럼 들려온다.

군마들이 그 섬에 하나하나 새처럼 내려앉는다. 신애는 말들을 보자 신이 나서 헤아려본다. 하나 둘 셋… 열. 꿈속에서 말을 헤아리며 신애는 그들 모두가 다시 늘 잔치 집같이 행복했던 무녀도로 돌아와 다행이다, 라고 비몽사몽간에 생각했다.

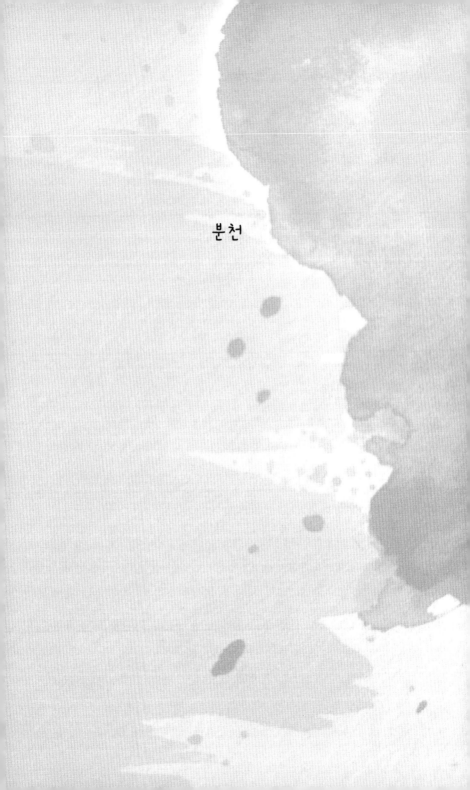

분천

여재의 귀향

"여재가 온대. 여재가 돌아온대. 도대체 몇 년 만이야."

매일 그날이 그날 같은 세월을 살아가던 분천 사람들에게 여재
의 귀향은 전쟁보다도 더 큰 사건이었다. 사방이 산으로 둘러싸인
이 마을은 동네의 존재 자체를 몰라 육이오 때도 큰 피해 없이 순
하게 지나갔다고 사람들은 두고두고 이야기했다.

꼭 40년 만의 귀향이다. 여재는 분천에서 가장 많이 배운 지식
인이었을 뿐더러 문학청년이었다. 일찍이 서울로 유학 가서 국문
학을 전공한 그는 결혼 후 고향 분천에 내려와 교편을 잡고 있었
다. 여재는 이곳 사람들의 선망의 대상이었다.

그런 여재가 어느 날 홀연히 사라졌다. 사람들은 그에 대해 온

갓 추측을 하며 입방아를 찧어댔다. 지금은 그마저 없어 기억에서 사라진 줄만 알았던 여재의 귀향 소식은 동네를 떠들썩하게 만들기에 충분했다. 그때 여재가 버리고 간 부모는 타계하여 이미 세상 사람이 아니었다. 여재가 버리고 간 다섯 살 쌍둥이 아들은 문제를 일으켜 학교도 제대로 다니지 못했다. 동네 사람들은 그 아들들이 지금 어디서 무엇을 하고 사는 줄도 몰랐다.

그런데 알 수 없는 것은 여재가 버리고 간 여재댁이다. 여재댁이 논 한 마지기를 팔아 집을 정성 들여 리모델링을 시작한 것은 지난달이다. 동네 사람들은 조강지처를 버리고 사십 년을 나가 살다가 병들어 죽을 때가 되어 돌아오는 여재를 받아들이기 위한 것이라고 짐작했다. 병이 들자 첩한테 버림받고 본마누라한데 돌아오는 그런 인간을 받아들인다고 동네 사람들이 쑥덕거려도 여재댁은 아랑곳하지 않았다.

집은 여재가 떠나기 전의 그 터에 그대로 있지만 많은 돈을 들여 리모델링해 놓으니 새로 지은 것이나 다름이 없었다. 동네 사람들은 깔끔하게 단장된 집을 보며 돈의 위력을 실감하긴 했어도 여재댁의 마음은 헤아리지는 못했다.

여재는 앰불런스에 누워 분천에 돌아왔다. 동네 사람들은 병들고 늙은 여재를 보기 위해 몰려들었다. 들것에 실려 나오는 여재의 금덩이처럼 빛나던 젊은 날의 모습은 조금도 남아 있지 않고, 죽음을 눈앞에 둔 겨울나무처럼 검고 앙상한 몸뚱이뿐이었다. 그

것은 죽기 직전의 사람 모습이란 것을 한눈에 알 수 있었다. 아무 곳에서나 죽지 저 꼴을 하고 고향에 돌아오다니! 구경하는 사람들은 저마다 마음속으로 탄식을 했다. 여재의 몸은 들것에 실려 안방으로 옮겨졌다. 안방은 의료용 침대가 마련되어 있었고, 침대 머리에는 평소에 여재가 좋아하던 개나리 한아름이 꽃병에 꽂혀 있었다. 여재가 돌아오는 것을 보기 위해 몰려든 사람들은 여재에게 인사를 하고 더러는 손을 잡고 반가움을 표시하곤 했지만 여재는 그들의 행위에 아무런 반응을 하지 않았다. 오늘 낼 하는 것 같네. 아무런 반응을 하지 않는 여재를 보며 동네 사람들은 혀를 끌끌 차며 돌아갔다.

구급차를 타고 함께 온 의사는 여재댁에게 집에서 돌보기는 힘드니 병원으로 모시는 것이 좋겠다는 소견을 말했다. 여재댁은 들은 척도 하지 않았다. 요양등급을 내면 1급은 받을 수 있으니 요양보호사를 쓰라고 가르쳐주기도 했다. 역시 여재댁은 관심을 보이지 않았다. 모두 다 돌아갔다.

여재는 침대에 누워 늙은 여자를 쳐다보았다. 머리는 백발이었고 얼굴은 햇빛과 바람에 그을려 고목의 표피처럼 거칠었다. 거기다가 시장 바닥에서 산 것 같은 무채색의 겉옷은 여자를 여든도 넘은 노인처럼 보이게 했다. 길에서 봤으면 모르고 지나칠 정도로 예전의 모습은 남아 있지 않았다. 하지만 부드러운 턱선의 흔적이 남아 이 여자가 문양이 엄마라는 것을 말해주었다.

"문양이 엄마!"

동네 사람들이 보고 있을 때는 다 죽어가던 송장처럼 보였던 사람에게 어디서 그런 힘이 나는지 여재는 여재댁의 손을 덥석 잡으며 말했다.

순간 두 사람은 얼어붙은 듯이 손을 붙들고 있다가 흐느끼기 시작했다. 40년 세월 동안 몸속에서 터져 나오지 못한 울음이 백일홍 꽃송이보다 더 붉고 짙게 토해져 나와 그대로 숨이 끊어질 것 같았다. 꺼이꺼이 여재댁은 마른 나무토막 같은 여재의 몸을 쓰다듬으며 울음을 토해내고 여재는 여재댁의 어깨를 감싸 안고 울었다. 눈물은 낯설었던 서로의 늙은 모습을 허물어 내리고 젊은 날 그날 아침으로 되돌려놓았다. 여재가 출근한다고 자전거를 타고 나가 돌아오지 않은 이후 사십 년만의 해후였다. 여재가 떠난 자리에는 자전거만이 덩그러니 내팽개쳐져 있었다.

여재의 그날

장대같은 비가 몇 날 며칠 계속 내렸다. 비는 태봉산 골짜기마다 가득 괴어 흘러 보통리 저수지로 흘러들었다. 저수지에 물이 차자 근처 논밭이 거대한 호수가 되었다. 호수의 물이 차츰 높아지더니 분천리 마을의 시내로 역류하기 시작했다. 논밭은 물론이고 길이고 마을까지 물에 잠겼다.

부엌에 있던 바가지며 댓돌에 있던 고무신짝이며 뒤란에 있던 함지박, 외양간에 있던 여물통들이 소와 돼지 닭들과 함께 둥둥 떠다녔다. 사람들은 산으로 기어올랐다. 거기서 한숨을 돌리려는데 멀리서 떼 지어 둥둥 떠오른 것이 있었다. 보통리 저수지에서 빠져 죽은 사람들이었다. 미친 여자, 이장네 어머니, 고부간의 갈등으로 죽은 며느리, 연애하다가 동반 자살한 남녀, 그리고 문양이… 다른 사람들은 살아생전 모습 그대로인데 문양이만이 두부처럼 허옇게 불은 얼굴을 하고 있었다. 몸에서 뚝 뚝 물이 떨어졌다. 아버지! 문양이가 불렀다. 아니야 아니야, 넌 우리 문양이가 아니야! 여재는 소리치며 도망가려고 발버둥 쳤다. 문양이에요. 문양이 부르며 따라왔다. 발버둥 치면 칠수록 여재는 물속에 빠져들었다. 숨이 막혔다. 숨통을 트이려고 소리 질렀다. 그렇게 밤새 가위에 눌려 소리치다가 깨어났다가 다시 잠이 들면 꿈은 이어서 계속되었다. 계속되는 악몽이었다. 밤마다 문양이는 여재를 찾아왔다.

여재는 무거운 몸으로 출근하기 위해 자전거를 끌고 집을 나섰다. 학교 길에는 아이들이 삼삼오오 짝지어 가고 있었다. 여재의 눈에는 다른 아이들은 보이지 않고 문양이 친구 윤희만이 눈에 띄었다. 안녕하세요. 윤희는 친구들과 토닥거리며 장난치다가 여재를 보고 인사를 했다. 윤희는 여재 친구 기세 딸이다. 불과 한 달 전만 해도 학교 갈 때 윤희네 들러 함께 가곤 했던 문양이 친구였다.

문양이는 윤희가 태어난 지 일주일 후에 태어났다. 위아래 집에서 여재나 기세나 맏이로 낳은 딸이어서 사랑을 듬뿍 받으며 두 아이는 쌍둥이처럼 붙어 놀았다. 뒤집기는 일주일 늦은 문양이가 먼저 했다. 백일 정도 된 아기들도 뭔가 아는지 그렇게 뒤집으려고 애를 쓰던 윤희는 문양이가 뒤집자 그 다음 날 뒤집었다. 걷기는 윤희가 먼저 했다. 10개월이 된 윤희는 아장아장 걸었는데 문양이는 기어 다니는 것이 편한지 도무지 걸을 생각을 하지 않더니 15개월이 되니 언제 기었더냐 싶게 일어나 윤희와 똑같이 걷고 뛰어다녔다. 문양이는 아빠란 말부터 말을 시작했다. 아빠빠빠 하며 애기 말을 하더니 하나하나 말을 익혀나갔다. 윤희는 곰빠곰빠하며 엄만지 아빤지 모를 말부터 시작했다. 둘이는 뒤뚱거리며 둘만 통하는 말을 주고받으며 웃고 때로는 붙어서 싸우며 자랐다.

가슴에 손수건을 달고 문양이와 윤희는 나란히 손잡고 학교에 들어갔다. 일주일 늦게 태어나고 걸음도 윤희보다 늦었던 문양이는 자라며 어른스러워 매사에 윤희를 챙겼다. 학교 가는 길에 꼭 윤희네를 들러 윤희가 늦지 않게 학교에 데리고 갔다. 키도 몸집도 비슷해 그 아이가 그 아이 같았다.

문양이는 받아쓰기 시험을 보면 언제나 백 점을 받아왔다. 윤희는 한두 개씩 틀려왔다. 둘이 어울려 노는 것을 보면 문양이가 훨씬 어른스럽고 의견이 있었다. 기세는 그런 윤희를 닦달하며 받아쓰기를 가르쳤지만 윤희는 문양이보다 여러 방면에 처졌다. 언제부터인가 자연스럽게 윤희는 문양이를 언니처럼 따랐다.

아무리 믿지 않으려 해도 잘나고 어여쁜 문양이는 지금 땅속에 묻혀있다. 여재는 친구들과 토닥거리며 길을 걷고 있는 윤희를 보았다. 저 아인 저렇게 건강히 살아서 움직이는데 왜 문양이는 죽어야 했는지. 그 아이를 본 순간 여재는 자신도 모르게 윤희를 번쩍 안아 자전거에 태웠다. 여재는 쏜살같이 자전거를 몰고 보통리 저수지로 향했다. 가끔 저녁이면 여재와 기세는 문양이와 윤희를 데리고 보통리 저수지 둑길을 산책했었다. 여재와 기세는 담소를 나누고 두 아이들은 앞서거니 뒤서거니 뛰어다니며 놀았다.

어디 가요? 윤희가 여재의 자전거에서 내리며 물었다. 글쎄 가보면 알아. 여재는 윤희의 손을 잡고 저수지 둑길로 빠르고 급히 걸었다. 썩은 수초 사이로 드러난 물빛이 검게 일렁이고 있었다. 문양이가 퉁퉁 부어 떠올랐던 곳. 저수지로 물이 흘러드는 길목이라 저수지 밑으로 골이 깊게 패인 곳. 해마다 멱을 감다가 사람들이 빠져 죽은 곳. 어딜 가요? 윤희가 손을 빼며 다시 물었다. 순간 여재는 윤희와 눈이 마주쳤다. 흥분이 되어 붉게 충혈된 여재의 눈을 본 윤희는 얼굴이 새파랗게 질려 말했다. 거긴 물귀신이 산대요. 문양이도 거기서 죽었잖아요. 무서워요. 어디서 그런 힘이 나오는지 윤희는 다시 잡으려는 여재의 손을 강하게 뿌리치며 뒤도 돌아보지 않고 달리기 시작했다. 어른이 여덟 살 아이를 따라잡기는 어렵지 않았다. 윤희의 뒷덜미를 막 잡아채려는 순간 맞은편에서 사람이 오고 있었다. 윤희를 잡으려던 여재의 손은 그냥 거기서 멎었다. 윤희는 학교 쪽으로 쏜살같이 달음질쳤다.

윤희의 모습이 보이지 않자 그때서야 여재는 정신이 돌아왔다. 자신이 얼마나 무서운 생각을 하고 있었는지 깨달았다. 한여름을 향해 치닫는 태양이 여재의 정수리 위에다 불화살을 쏘며 저수지 물을 서서히 덥히고 있었다. 호위병처럼 물가에 늘어선 미루나무 꼭대기의 이파리들이 뜨거운 태양 볕을 받아 하얗게 부서지고 있었다. 바람 한 점 없는 숨 막히는 순간이었다.

여재는 자전거를 길가에 내팽개치고 한길로 달려가 버스를 탔다. 여름방학이 코앞이었지만 아랑곳하지 않았다. 떠나야 했다. 거기 더 있다가는 무슨 짓을 할지 몰랐다. 문양이가 쓰던 방, 문양이가 나오던 문, 문양이가 먹던 밥상, 문양이가 가던 길, 문양이가 놀던 마당, 문양이가 뛰어놀던 운동장, 문양이와 함께 놀던 친구… 그걸 보며 어떻게 제정신으로 살아갈 수 있을까. 여재는 더이상 그곳에서 살아갈 자신이 없었다.

버스를 타고 마냥 갔다. 버스가 시외버스 정류장에 섰다. 여재는 거기서 내려 막 출발하려는 낡은 버스에 무작정 올라탔다. 어디로 가려는지 몰랐다. 그저 멀리멀리 가야만 했다. 그래야 살 수 있을 것 같았다. 운전기사가 어디까지 가냐고 물었다. 종점까지 간다고 말했다. 세 시간은 족히 갔을까. 기사가 종점이라고 말했다. 거기서 내려 어딘가로 향해 달리는 버스를 탔다. 버스는 산속으로 달리다가 멈추었다. 사람들이 종점이라고 다 내렸다. 거기서 더 가는 길이 있냐고 기사에게 물었다. 하루에 서너 번 시골 가는 버스가 있다고 알려주었다.

버스에서 내려 얼마를 기다렸는지 모른다. 서너 시간쯤 되었을 것 같다. 금방이라도 쓰러질 것 같은 노쇠한 노인의 모습처럼 낡고 오래된 시골 버스가 덜컹거리며 와 여재 앞에 섰다. 여재는 무작정 올라탔다. 버스는 산속으로 더 깊숙이 온몸을 흔들며 천천히 달렸다. 길이 점점 끝나가고 있음을 알 수 있었다. 사람들이 하나둘 내려 차 안에는 아무도 없었다. 작은 평지가 나타나고 인가가 몇 채 보였다. 숲이 마을을 뒤덮고 가장자리로는 강이 산을 휘감고 흘렀다. 작은 마을 풍경이 왠지 낯익었다. 여재는 막 출발한 버스를 멈추어 세웠다. 버스가 섰을 때는 뭐하고 출발하니 내리냐며 기사의 투덜거림을 뒤로 하고 여재는 버스에서 내렸다.

좀처럼 기울지 않을 것 같은 태양이 긴 하루를 접고 산 너머로 천천히 기울어갔다. 인가가 몇 보이고 구멍가게가 있었다. 구멍가게 간판을 본 여재는 깜짝 놀랐다. 분천상회. 분천상회는 여재가 사는 동네 입구에도 있었다. 여기가 어디요? 여재는 가게 주인에게 물었다. 어디긴요. 분천이지요. 분천. 여재를 맞이한 것은 분천이란 땅이었다. 보고 또 보아도 분천이었다. 꼭 무언가에 홀린 기분이었다. 목적지도 없이 무작정 먼 곳으로 도망쳐 닿은 곳 이름이 도망쳐 나온 곳과 같은 분천이었다. 입구에 똑같이 구멍가게가 있었다.

하루 종일 뜨거운 열기를 뿜어내던 태양이 산을 넘었다. 사방에 어슴푸레한 어둠이 깔렸다. 마을로 들어서자 숲으로 둘러싸인 너른 평지가 펼쳐지고 평지를 벗어나자 깎아내린 절벽이 보였다. 절벽 밑으로 시퍼런 물이 굽이져 흘렀다. 조그만 지도와 함께 동네를 소개한 이정표가 있었다. 낙동강 상류 지점. 실핏줄 같은 물줄기들이 모여 낙동강 원류를 만들고 흐른다는 분천. 결국 멀리 아주 멀리 도망친 여재는 지형이 항아리 모양으로 생겨 붙여진 이름의 분천盆川에서 성한 물줄기가 돌아나간다고 붙여진 또 다른 이름의 분천汾川으로 온 것이었다.

날이 저물었지만 아직까지는 환했다. 점심부터 아무것도 먹지 않아 배가 몹시 고팠다. 조그만 식당이 눈에 띄었다. 문을 두드리니 오늘 영업은 끝났다고 주인으로 보이는 젊은 여자가 말했다. 배가 고프니 국밥 한 그릇만 먹게 해 달라고 문을 두드리며 사정했다. 여자가 안에서 잠갔던 문을 따 주었다. 주문하자 여자가 주방에서 국과 밥을 가지고 나왔다. 여재는 정신없이 허겁지겁 국에 밥을 말아 먹어치웠다. 물끄러미 쳐다보던 여자가 밥 한 공기와 국 한 대접을 더 가지고 왔다. 여재는 그것도 다 먹어치웠다. 수저를 놓고 물을 청하자 여자가 와서 고개를 숙이고 물그릇을 놓았다. 여자가 고개를 들자 주루루 흘러내렸던 귀밑머리에 있던 하얀 핀이 드러났다. 여재가 왜 하얀 핀을 꽂았냐고 물었다. 여자가 울먹이며 남편이 죽었다고 말했다. 보름 전에, 보름 전에 고기를 잡다가 물에 **빠져** 죽었다고 울었다.

산세가 험한 그곳은 물이 바위를 돌면서 바위 밑으로 시퍼렇고 깊은 물길을 만들었다. 여자의 남편은 그곳에서 고기를 잡다가 물속으로 **빨려** 들어갔다고 했다. 거기서 나서 자라 물의 성질을 잘 아는데 이상하다고 여자가 울며 말했다. 귀신이 끌어당기지 않고서야 시퍼렇게 젊은 남정네가 물속에 **빠져** 죽을 수는 없다고 여자가 통곡을 했다.

여재는 일어나 자신도 모르게 여자를 부둥켜안았다. 딸이 물에 **빠져** 죽은 지 한 달이 되었다고 울부짖었다. 쇠꼴을 베는 중이었다. 딸은 근처에서 토끼풀꽃을 따며 놀고 있었다. 쇠꼴을 한 짐 지고 찾으니 보이지 않았다. 아무리 찾아도 보이지 않았다. 딸이 놀던 자리에는 토끼풀꽃만이 하얗게 피어있었다. 한참 후에 딸을 찾아낸 것은 물속이었다. 꼭 뭔가에 홀린 것 같았다. 딸이 늘 놀던 곳인데 귀신이 끌어당기지 않고서야 물속에 들어갈 수 있었을까. 마을 사람들은 그곳에 물귀신이 산다고 말하곤 했다.

딸이 죽은 지 한 달이 된 남자와 남편이 죽은 지 보름이 된 여자의 울음은 밤새 계속되었다. 실컷 울라고 누군가가 마당에 멍석을 펴 놓은 듯 국밥집 안에 만들어놓은 조그만 방에 들어가 밤새도록 울며 서로의 슬픔을 어루만졌다. 슬픔은 슬픈 사람과 슬프지 않은 사람이 나누는 줄 알았다. 슬픔은 또 다른 슬픔을 가진 사람만이 위안이 된다는 것을 두 사람은 몸을 섞으며 알았다.

여재는 여자와 살고부터 아무 생각도 나지 않았다. 물에 퉁퉁 불어 허옇게 변해 죽은 문양이도, 사방이 산으로 둘러싸인 항아리 모양의 땅 분천도, 그 안에서 살아가는 여재댁도, 두 아들도, 어머니 아버지도, 그곳에서 함께 뛰어놀던 친구들도… 여자는 그 모든 것을 잊게 해 주었다. 여재와 여자는 서로의 슬픔을 보듬어주며 살았다. 마치 두 사람이 만나기 위해 이 세상에 태어난 것처럼…

여재댁

딸 잡아먹고 남편 내쫓은 년. 문양이가 죽은 것도 여재가 집을 나가 돌아오지 않는 것도 모두 며느리 탓이라며 시어머니는 종일 여재댁을 향해 험한 욕을 입에 달고 살았다. 꼴을 베러 나갔다가 퉁퉁 불어 죽은 문양이를 건져온 것이 당신 아들이건만 시어머니는 여재댁을 탓했다. 당신 아들이 두 발로 걸어 나가 돌아오지 않는 것이지 여재댁이 들어오지 못하게 문을 닫아 건 것도 아니건만 시어머니는 여재댁을 들들 볶았다. 여재댁은 보통리 저수지에 가서 물속에 뛰어 들어가 보기도 하고, 산에 올라 목을 매기도 하였지만 그때마다 사람들 눈에 띄어 번번이 실패했다. 그래도 시어머니의 악담은 멈추지를 않았다.

그날도 여재댁은 산속을 헤매고 다녔다. 눈에 들어온 것은 큰 바위였다. 효암바위란 이름이 붙어있었다. 바위에 앉아 고개를 드니 보통리 저수지가 가까이 보였다. 분천을 둘러싸고 있는 태봉산이 골짜기마다 만들어놓은 골에서 흘러내린 물과, 호랑이가 나올 정도로 넓고 깊은 금뎡산에서 내려온 물이 가장 낮은 땅 보통리로 흘러들었다. 저수지는 꽤 많은 수량을 품었다.

여재댁은 어쩌다가 이 효암바위까지 왔는지 모른다. 죽을 곳을 찾아 헤매다가 닿은 곳이 이 바위였다. 이 고장에 전해 내려오는 효암바위의 전설을 들어봤지만 직접 본 것은 처음이었다.

예전에 이곳은 호랑이가 빈번히 출몰해 백성들의 걱정이 컸다. 고려 때 사람 최루백이란 사람이 어느 날 아버지가 돌아오지 않자 아버지를 찾아 나섰다가 이곳 바위에 배가 불룩해 누워있는 호랑이를 발견했다. 호랑이는 아버지를 잡아먹어 배가 불룩한 채 자고 있었다. 최루백은 맨손으로 호랑이와 피투성이가 되도록 결투를 해 때려눕히고 배를 갈라 아버지를 꺼내 뼈와 살을 맞추어 양지바른 곳에 묻었다. 그리고 농막을 지어 3년 동안 머물며 시묘를 했다. 아버지 사도세자의 묘를 근처에 안장하고 이곳을 지나던 정조대왕이 옛날부터 내려오는 효에 관한 이야기를 듣고 여기에 효자문을 세우고 이 마을을 효자문골이라 이름을 지어주었다. 그때부터 사람들은 이 바위를 효암바위라 불렀다.

여재댁은 효암바위에 앉아 처음으로 시부모의 입장이 되어 생각해 보았다. 여태까지는 자식을 잃은 자신만 슬픈지 알았지 다른 사람의 슬픔은 보이지 않았다. 딸이 죽고 남편이 떠나 죽은 지 산지조차 모르는 여재댁과 마찬가지로 손녀딸이 죽고 아들이 떠나 산 지 죽은 지도 모르는 시부모님도 똑같이 아프고 슬플 것이라고는 생각하지 못했다. 어쩜 시부모님도 여재댁만큼 슬플지 몰랐다. 시부모의 슬픔과 자신의 슬픔을 생각하니 눈물이 주르르 나왔다. 누가 더라고 할 수 없을 만큼 똑같은 아픔을 품은 여자들이었다.

효암바위에 앉아 한참을 울다가 고개를 들었다. 바위틈에 꽃하나가 피었다. 흙이라고는 조금도 없는 바위건만 어디에다 뿌리를 내렸는지 들국화 한 송이가 삐쭉 고개를 내밀고 있었다. 바위 깊숙이까지 뿌리를 내렸으니 꽃을 피웠을 거라 생각했다. 초여름에 문양이가 죽고 여재가 떠난 지 벌써 서너 달이 지났다. 여재댁의 시간은 그때 멈췄는데 시간은 흐르고 흘러 가을 한가운데 와 있었다. 그래 살아보는 거야. 저 들국화처럼 조그만 희망이라도 있으면 살아보는 거야. 여재댁은 치마폭으로 눈물을 닦고 일어섰다.

집으로 돌아온 여재댁은 밭으로 나가 베는 시기가 지나 송아리가 검게 변한 들깨를 베었다. 그간 여재댁은 시부모가 하는 농사일을 거들어 주기만 했을 뿐 스스로 알아서 하지 않았다. 이제 여재댁은 나서서 혼자 일을 찾았다. 베어 늘어놓은 들깨를 묶어 세워 놓으니 어두컴컴한 밤이 되었다.

여재댁은 어딘가에 미치지 않고는 견딜 수가 없었다. 여재댁은 일… 일, 일… 종일 일을 했다. 어느 날은 하루 종일 깨를 털고 어느 날은 하루 종일 콩을 털었다. 어느 날은 종일 수수를 꺾어 털고 어느 날은 종일 고구마를 캤다.

벼를 벨 때부터 타작할 때까지 농촌은 최고로 바빴다. 벼 베기는 동네 사람끼리 돌아가면서 품앗이를 했다. 낫을 갈아가면서 벼를 썩뚝 베어 줄 맞춰 눕혀 놓았다가 벼가 어느 정도 마르면 뒤집어 놨다. 벼는 잘 말라야 낟알이 잘 떨어지니 말리는 것이 무엇보다 중요했다. 말린 벼는 지푸라기로 묶어 논두렁에다 세워 쌓아 더 말리고, 다 마른 볏단은 소달구지로 끌어들여 마당에 노적가리를 만들어 쌓았다가 바쁜 철이 지나면 노적가리를 헐어 타작을 했다. 끝도 없이 많은 손길을 요하는 이 과정이 비라도 오면 두 배 세 배 힘들었다. 긴 가을장마라도 만나면 베어놓은 벼에서 싹이 나고 볏단이 썩어들어가 사람의 힘으로 어쩔 수가 없었다. 사람들은 하늘을 우러러보며 농사는 사람이 짓지만 먹게끔 해 주는 것은 하늘이라고 말하곤 했다.

종일 들판을 다니며 일을 하니 밤이면 온몸이 콩깍지 두들겨 맞은 것처럼 녹초가 되었다. 그러면 아무 생각 없이 곤한 잠을 잘 수가 있었다. 그렇게 잠시 눈을 붙이고 날이 새면 또 새벽부터 일을 시작했다. 장정 몇 사람이라야 할 수 있는 일을 여자 혼자 한다고, 치마만 둘렀지 여자가 아니라고, 꼬리만 달리지 않았지 황소라고 사람들이 혀를 내둘렀다. 어디서 그런 힘이 나오는지 여재댁 자신도 몰랐다. 소도 키우고, 돼지도 키우고, 닭도 쳤다. 친정에서 농사일이란 것을 해 본 적이 없었는데 일을 하다 보니 자꾸 요령이 생겼다.

한번은 문식이를 시어머니께 맡기고, 문규를 등에 업고 고추 말린 것을 이고 읍사무소 앞에 있는 차부까지 걸어서 갔다. 거기서 시외버스를 타고 수원 남문시장에 갔다. 시장에 도착하자마자 소변이 급해 고추덩이를 그 자리에 놓고 오줌을 누러 갔다가 오니 말린 고추덩이가 사라졌다. 여재댁은 문규를 둘러업고 남문시장을 모조리 뒤져 결국 찾아냈다. 고추덩어리는 어느 고추방앗간에 쌓여있었다. 여재댁은 자기가 따 말린 고추는 알았다. 고추 빛깔이라든가, 희아리가 얼마나 섞여 있다든가, 고추 모양이 조금 길쭉하고 무엇보다 내 손으로 말려 꼭지에 달린 연둣빛이 익숙했다. 여재댁은 자신의 것이라고 희나리 몇 개 든 것까지 찾아냈다. 방앗간 집 남자가 말없이 고춧값을 쳐주며 말했다.

"미안하오. 시장 모퉁이에 떨어져 있어 주어온 것 뿐이여. 사실 내는 그리 나쁜 사람은 아니오. 마누라가 아파 병원비 마련하려니 눈에 보이는 것이 없소. 앞으로 시장에 물건 내려면 나를 찾아오소. 넉넉히 값을 쳐 드리리다."

방앗간 집 남자가 말했다. 농사꾼은 방앗간 출입이 빈번하다. 떡방아로부터 고추방아, 고추장거리를 빻고, 들깨 거피도 내고,

들기름 참기름도 짜고, 도토리도 빻아 가루를 냈다. 그럴 때마다 여재댁은 남문시장 방앗간을 들락거렸다.

어느 해엔 고추를 열 가마나 말렸다. 가장 많은 두 물과 세 물고추 말릴 무렵에는 태풍이 잦고 비도 많이 왔다. 그럼 그것들을 안방에 넣고 뜨겁게 불을 땠다. 온 집안은 열기로 후끈하고 고추 냄새가 진동을 했다. 아무리 불을 때고 정성을 들여도 고추들의 반은 골아 나가 두엄더미에 골은 고추가 산더미처럼 쌓였다. 하나라도 더 건지려고 일일이 고추 배를 갈라 널면 손에 매운 물이 들어 화끈거릴 뿐만 아니라 손가락과 어깨가 빠질 듯이 아파 왔다. 가을 내 팔 병신으로 살긴 했어도 고추가 농촌에서는 가장 돈이 되었다. 비가 잦은 해는 고춧값이 금값이었다.

어느 해 고추 농사는 극심한 흉년이었다. 봄에 비가 한 번 온 후로 8월 중순까지 비가 오지 않았다. 고추밭이 타들어 갔다. 봄에 열린 것들만 붉을 뿐 더 이상 싹이 나지 않았다. 고추가 붉어가면 한쪽에서는 싹이 나서 꽃이 피고 열매 맺기를 반복한다. 그 반복이 계속되어 늦도록 날씨가 좋으면 여섯 물 고추까지 딴다. 꽃이 피면 어떻게든 열매를 맺고 추석 전까지 열린 열매는 붉어진다. 그런데 극심한 가뭄으로 꽃도 피우지 않고 성장을 멈춘 것이다. 고추농가에서는 고추가 더 이상 열리지 않는다고 아우성을 쳤다.

하지만 여재댁의 고추 농사는 그런대로 괜찮았다. 고라니 덕분이다. 고라니가 도움을 준다는 것은 상상이 안 되지만 어쨌든 여재댁은 고라니 덕을 톡톡히 보았다. 고추를 심어놨더니 고라니가 와서 온 밭의 순을 톡톡 잘라먹었다. 고라니는 어린 순을 좋아해 조금만 억세지면 먹지를 않는다. 여재댁은 순이 잘린 고추밭만 보면 마음이 심란했다. 고추 순을 사다가 보식을 할까 하다가 너무 많아 내버려 두었다. 고구마도 심고 참깨도 뿌려야 했기에 고추 농사를 포기했다. 뿌리만 땅속에 있으면 살아, 먹을 것은 남긴다는 것을 여재댁은 농사를 지으며 배웠다. 고라니가 동강내 놓은 곳이 가지 쳐 순이 두 개로 나왔다. 두 개의 순에서 또 가지를 쳐 네 개가 나오고… 다른 집 고추는 날씬한 아가씨처럼 자라는데 여재댁의 밭 고추는 댑싸리처럼 순이 많이 나와 밑이 둥글었다. 마치 항아리가 앉아 있는 것 같았다.

고추 농사는 순 쳐 주는 것이 중요하다. 심어 놓고 굵은 가지가 둘로 나뉘는 방아다리 밑에 나오는 순까지 모조리 따 주어야 한다. 고추가 크게 자라야 가을까지 탐스러운 열매를 매단다. 못된 송아지 엉덩이에서 뿔난다고 여재댁 밭의 고추는 위로 자라지 않고 옆으로만 자라더니 가지마다 고추를 주렁주렁 매달았다. 가을에 맺을 것까지 한꺼번에 열린 듯했다. 열매가 크지는 않았지만 많이 매달렸다. 그런데 극심한 가뭄이 와 온 밭에 있는 고추들의 성장이 멈추었다. 이미 맺힌 열매만 땡볕에 새빨갛게 붉었다. 여재댁은 극심한 흉년 속에서 기적적으로 평년작을 했다. 사람들은 여재댁의 손을 황금손이라 불렀다.

사람의 손이 얼마나 무서운 줄 모른다. 그 너른 밭도 그 너른 논도 여재댁의 손이 닿으면 곡식으로 메꾸어지고 나락이 털리고 푸성귀가 가득했다. 그렇게 종일 일을 하면 허리건 무릎이건 남아나지 않는다고 쉬엄쉬엄 일하라고 사람들은 여재댁을 생각해서 말하곤 했다. 하지 볕보다 더 일찍 일어나 종일 일을 해도 여재댁의 몸은 무쇠덩이처럼 끄떡없었다. 남편 복 자식 복은 없어도 건강복 하난 타고 이 세상에 나온 것 같았다.

그것들이 차츰 돈이 되었다. 우연인지 여재댁이 배추를 많이 심으면 그해 배춧값이 비쌌다. 참깨를 많이 심은 해는 참깨 값이 많이 나갔다. 쌍둥이 아들 문식이 문규가 공부를 잘하고 있는지, 학교에서 뭘 하는지 그런 거 생각할 겨를이 없었다. 가끔 학교에서 싸웠다, 공부가 자꾸 처진다, 패거리로 몰려다니며 나쁜 짓을 한다며 연락이 왔다. 호출할 때마다 사연이 달랐지만 여재댁은 신경 쓰지 않았다. 일을 해 수확하고 수확한 것이 돈이 되는 재미에 빠졌다. 사람들은 여재댁에게 독한 년이라고 손가락질했다. 딸 죽고 남편 쫓아내고, 아들 내팽개치고, 그리고도 정신이 남아 살림을 불같이 일군다고 숙덕거렸다. 여재댁은 남을 의식하지 않았다. 딸이 물에 빠져 죽고 남편이 출근한다고 나가 죽었는지 살았는지조차 모르는데, 남을 의식할 겨를이 없었다. 하루하루 살아 숨 쉬는 것이 창피를 넘어 수치고 모멸이었다. 미치지 않고 하루를 살아내는 것만으로도 다행이었다. 아버지의 부재와 여재댁의 무관심 속에서 방황하는 두 아들도 눈에 보이지 않았다. 온 동네 사람들이 그런 여재댁을 보며 손가락질하며 수군대도 여재댁은 일에 미쳐 아무것도 생각하지 못했다. 아니 생각하지 않으려고 노력했다.

어느 날 감나무 집 방 서방이 여재댁을 찾아왔다. 밭에서 품앗이하며 어울려 일은 했어도 방 서방이 집에 찾아온 것은 좀처럼 없었던 일이다. 여재댁이 방 서방을 멀리 한 것은 그가 노름에서 빠져나오지 못해 동네 사람들의 손가락질을 받았기 때문이다. 방 서방은 꽤 많은 조상 답을 물려받은 동네 부자였지만 전답을 팔아 도박하느라 하나하나 없애고 있었다. 여재댁은 방 서방의 아내와 형 아우 하는 사이로 방 서방이 얼마나 아내의 속을 썩이고 있는지 알았다.

"문양이 엄마, 내 부탁 하나만 들어줘요."

동네 사람들은 문양이가 죽은 지 꽤 지났지만 여재댁을 문양이 엄마라고 불렀다.

"제가 뭐 도와드릴 일이 있겠어요? 말씀이나 해보세요."

"저 마을 들어오다 보면 오른쪽에 있는 내 땅 있지요?"

"아 그거요? 그건 맹지지 않습니까?"

"맹지라 싸게 드릴 테니 문양이 엄마가 사세요."

"전 맹지는 안 삽니다. 농사지으려면 이 눈치 저 눈치 봐야 하는데 내 돈 내고 땅을 사서 왜 남의 눈치를 봅니까?"

"대신 싸잖아요."

"난 돈도 없어요."

여재댁은 싸게 주겠다는 방 서방의 말에도 호락호락하지 않고 거드름을 폈다.

"문양이 어멈 돈 많은 거 동네 사람이 다 아는데 엄살은… 가을에 고추를 수십 말은 했을 걸요. 이번에 계도 탔잖아요."

"내 말은 돈이 있어도 그렇게 애써서 만든 돈을 노름빚 갚는데 줄 수는 없다는 겁니다."

"문양이 어멈. 내 약속하리다. 다시 노름하면 내 손모가지를 분질러놔도 좋아요."

"그럼 아우와 함께 와서 내 앞에서 약속하세요."

다음 날 방 서방이 어떻게 구슬렀는지 아내를 앞세우고 여재댁을 찾았다. 방 서방 아내는 여재를 보자 눈물부터 쏟았다.

"형님! 난 평생 저 인간 노름빚 치다꺼리나 해야 하니 어쩌면 좋아요."

"동생이 물러 터져서 그렇다니까. 내 또 이런 일 안 생기게 하려고 동생하고 같이 오라 했어."

여재댁은 지난밤에 써둔 각서를 방 서방에게 내밀며 말했다.

"도장 찍으세요."

각서에는 달랑 〈앞으로 다시 노름을 하면 손모가지를 자른다〉란 구절만 쓰여 있었다. 방 서방 내외는 그것을 보고 함께 눈물을 흘렸다. 한참 후에 방 서방이 말했다.

"고맙습니다. 내 또 노름을 하면 문양이 엄마 아들이여."

"난 내 쌍둥이 아들만도 지겨워요. 늙은 아들은 필요 없으니 도박은 근처에도 가지 마세요."

여재댁은 계약서에 도장을 찍으며 농처럼 한마디 했다. 그 후 방 서방이 노름한다는 소식은 들려오지 않았다. 대신 몇 년 후 시내말 살던 초등학교 동창이라는 친구를 데리고 왔다. 그는 오래전 이 마을을 떠 서울로 갔던 사람이다.

"이 친구 아들이 그만 싸움질을 하다가 상대방을 크게 다치게 했어요. 얼른 합의를 해 주지 않으면 감방에 가게 생겨서 급히 땅을 처분하려고 해요. 문양이 엄마가 이 동네 땅 다 산다는 소문이 있는데 도와주는 셈 치고 사세요."

여재댁은 농민들에게 이율이 낮아 공이나 다름없이 빌려주는 은행 대출에 대해 알고 있었다. 마음에 드는 땅이 나오면 여재댁은 은행 대출을 이용했다. 여재댁은 급히 나온 땅이라고 가격을 깎으려 들지 않고 섭섭하지 않게 땅값을 쳐서 주었다. 여재댁 덕분에 방 서방이 도박을 끊고, 땅값을 깎으려 들지 않는다는 소문이 나니 동네에서 땅을 내놓으려면 제일 먼저 여재댁을 찾아왔다.

여재댁은 새로 사들인 땅에다가 몇 해째 봄이면 감자를 심고 가을이면 들깨와 김장배추를 심어 먹었다. 그러는 동안 그곳으로 마을 진입로가 생기고 외곽으로 길이 나면서 지가가 상승했다. 사람들은 돈이 여재댁을 따라다닌다며 신기해했다. 비록 공부를 많이 가르치지는 못했지만 그 땅만 갖고 있으면 두 아들은 살 수 있을 거란 여재댁의 계산이었다.

천성이 부지런한 시어머니 시아버지의 손길이 여재댁에게 여간 큰 도움이 아니었다. 시어머니는 여재댁에게 온갖 악담을 퍼부었어도 그것이 손녀와 아들 잃은 슬픔을 견디는 방법이라고 생각하니 그런 시어머니가 오히려 안쓰러웠다. 어느 날부터는 두 분이 늙어 집안의 모든 일을 여재댁에게 맡겼다.

시아버지는 일흔을 조금 넘기고 해수병으로 가시고 시어머니는 팔십이 되던 해 콩밭을 매다 열사병으로 쓰러져 끝내 아들 소식을 듣지 못하고 가셨다.

업보

"문양이 엄마 고생 많았네. 문양이 죽었을 때 우리 죽어버리자고 했었지. 그랬으면 어쩔 뻔했어. 남은 애들도 있었는데."

그간 사는 얘기를 나누다가 여재가 말했다. 죽어버리자고 한 것이라기보다 그냥 죽을 것 같았다. 그래서 차라리 죽자고 했었다. 목구멍으로 침을 삼키기 힘들었고 잠자는 것도 걸어 다니는 것도 할 수 없었다. 미친 듯이 울부짖는 것밖에 할 수가 없었다. 어느 날은 차라리 함께 죽어버리자고 애원했다.

"문양이는 죽고, 당신은 떠났지요. 정신을 차리고 보니까 세상에는 자식 잃고 살아가는 사람들이 꽤 많더라고요. 애간장이 타들어 가지만 산목숨은 어떻게든 살아지던데 그때 우린 그걸 몰랐어요. 우리만 자식을 잃은 것이 아닌데 문양이 말고 자식이 둘이나 더 있는데도 그걸 몰랐어요."

여재가 방학을 며칠 앞두고 자전거를 내팽개치고 홀연히 떠나 돌아오지 않자 개학하면 돌아오겠지 하고 기다렸다. 개학을 해도 돌아오지 않자 해가 바뀌면 돌아오겠지, 하고 기다렸다. 그렇게 해가 바뀌고, 또 한 번이 바뀌고, 그렇게 열 번이 바뀌고, 스무 번이 바뀌고, 부모님 두 분이 돌아가시고, 서른 번이 바뀌어도 돌아오지 않더니, 마흔 번이 바뀐 어느 날 여재는 반송장의 모습으로 돌아왔다.

"문양이 이름 지었을 때 생각나? 기세 딸보다 일주일 늦게 낳았지. 기세는 윤희라고 이름 지으며 잘 지었다고 자랑했지. 난 여자 아이가 태어나면 붙여주려고 이름을 미리 지어놨어. 강문양. 우리 이름 지어놓고 얼마나 좋아했어. 글월 文 바다 洋. 얼마나 기가 막힌 이름이야. 글이 바다만큼 쌓인다. 그땐 너도나도 명희 영자 진순이 혜숙 경자… 그런 식으로 이름 짓던 때였지. 기세 딸 윤희보다야 몇 배 낫지. 그렇지 않아?"

"그럼요, 그렇고말고요. 요즘 세상에 어디에 내놔도 그렇게 세련되고 예쁜 이름은 없어요. 그렇게 이름을 지어서인지 공부 또

한 잘했지요. 받아쓰기를 기세 딸 윤희는 한두 개씩은 틀려오는데 우리 문양이는 꼭 다 맞아 오더라고요. 당신 닮았었지요. 문양이는…"

"당신 그 많은 세월 그 외로움을 어찌 달래고 살았어?"

여재가 안쓰럽게 여재댁을 보며 말했다.

"너무 미안해하고 안쓰러워하지 말아요. 당신한테는 좀 미안하지만, 아니 당신이 국밥집 여자와 산 것을 보면 미안한 것도 아니지만 나도 긴 세월 외로움을 달래 준 사람이 있었어요."

어느 늦은 여름날 고추를 빻으러 간 여재댁에게 방앗간 집 남자 영만이 늦었으니 저녁이나 먹고 갈 것을 권했다. 시장하던 차에 여재댁은 영만을 따라나섰다. 영만은 미리 계획한 것처럼 평소 작업복 차림이 아니고 말끔히 차려입었다. 여재댁은 시장 바닥에서 산 몸뻬 차림의 자신이 부끄러웠지만 영만은 상관하지 않는 것 같았다. 영만은 한참을 걸어 시장을 벗어나 시내에 있는 깔끔한 중국집으로 앞장서 갔다.

이집은 해물짬뽕이 유명하다며 영만이 짬뽕 두 그릇을 시켰다. 꼴뚜기와 홍합이 가득 든 짬뽕이 나왔다. 여재댁은 참으로 오랜만에 시원하고 얼큰한 짬뽕을 국물까지 다 마셨다. 영만은 여재댁을 물끄러미 보고 있었다. 여재댁은 국물을 마신 후에야 영만을 의식하고 불기 전에 어서 먹으라고 말했다. 영만은 짬뽕을 마시듯이 후르르 먹고 나서 젓가락을 놓으며 말했다.

"저 말이요, 이런 말 하긴 뭐한데 내 임자에 대해 알아보았소. 딸이 물에 빠져 죽고 남편이 집을 나가 돌아오지 않는다고요. 남편은 선생 노릇을 했으니 머릿속에 먹물이 꽤 든 분 같은데 그런 무책임한 분이 어디 있소. 내 머릿속에 먹물 꽤나 든 분들이 철없이 행동하는 것을 익히 보았지요.

내 할아버지는 일본 유학까지 다녀온 분이랍니다. 어느 날 할머니와 아버지를 내동댕이쳐놓고 신여성을 얻어 서울 가 살더라고요. 할머니가 아버지를 데리고 고생 엄청 했소. 나는 지금 이렇게 방앗간이나 하며 살고 있지만 작은할머니에게서 난 자식들은 의사에 박사에 그런답디다. 저와 격이 달라요. 임자는 바깥양반께서 왜 안 돌아온다고 생각하오?"

"죽었거나 죽지 않았다면 여자를 만나 사는 것이 분명해요. 남자는 혼자 살기는 쉽지 않지요. 그런데 내 예감으로는 죽은 것 같진 않아요. 다니는 절의 스님은 그것이 나와 인연이 다해 떠난 것이라 설명하더라고요."

"인연이 다 했다? 인연이 다 했다? 거꾸로 생각하면 내가 시장 바닥에서 임자의 고추를 주운 것은 새로운 인연의 시작 아니오? 우리 외로운 사람끼리 서로 달래가며 삽시다. 비록 방앗간에서 고추나 빻고 살지만 나도 근본이 없는 막돼먹은 놈은 아니오."

영만이 여재댁의 손을 잡으며 말했다. 여재댁은 무의식적으로 손을 빼며 말했다. 남정네 손이 닿은 지 얼마 만인지 모른다.

"집사람은 심장병이 있어요. 겨우 조석을 끓여먹긴 하지만 일도 하지 못하고 밤일은 더더군다나 못하지요. 집사람 죽으면 어쩔까 해서 언제 해 봤는지 모르오. 집사람은 미안하다며 자꾸 밖에다 여자를 만들라고 해요. 임자는 외로움을 어찌 달래고 있어요?"

"일 속에 묻혀 사는 년이 외로움은 무슨…"

말은 그렇게 했어도 날이 갈수록 외로움을 부쩍 느끼는 여재댁이었다. 서른이 지나 마흔이 되면 외로움을 타지 않을까 했는데 마흔이 되니 오히려 외로움을 견디기가 더 힘들었다.

"일 속에 묻혀 산다는 건 건강하다는 것인데 일이 하루 이틀은 견디게는 해도 그게 익숙해지면 외롭지 않소? 임자나 나나 더운 피가 펄펄 끓는 사람들 아니요. 난 말이여. 밤이 무섭소. 더는 외로워서 못 견디겠소. 이러다가 무슨 짓이라도 저지를 것 같소."

여재댁은 혼자 끌어안고 끙끙거리고만 있던 자신의 외로움을 알아줄 뿐 아니라 인간적인 면을 드러내 놓고 솔직하게 호소하는 영만이 싫지 않았다.

"우리 이러면 어떨까요? 한 달에 두 번 방앗간 문 닫는 날이 있으니 문 닫는 날 만나 여기저기 유람도 하고 그럽시다. 내게도 임자에게도 뭐라 할 사람 없어요."

영만의 은근한 유혹에 여재댁의 얼굴이 발개져 대꾸를 하지 못하고 앉아 있다가 헤어졌다.

방앗간 문 닫는 날은 영만이 미리 넌지시 알려주었다. 여재댁은 영만이 만나자고 하기를 은근히 기다리고 있었다. 여재댁은 친구를 만난다고 말하고 집을 빠져나와 버스를 타고 시외버스터미널로 갔다. 영만이 양지행 표를 사 놓았다. 여재댁이 옆 좌석에 앉을 때부터 영만은 몸이 달았다. 그들은 양지까지 가지 않았다. 아니 갈 수가 없었다. 그들은 여인숙이 보이는 곳에서 내려 여인숙으로 달려가 서로 부둥켜안았다. 영만과 여재댁은 좁은 방에 누워 종일 서로의 몸속을 들락거렸다. 그러다가 지칠 때쯤에야 여인숙을 나왔다.

"임자, 배만 부르면 살 수 있다고 생각하오? 난 그렇지 않다고 생각해요. 임자와 만나고부터 내 생활이 기름 친 듯이 부드러워졌어요. 집사람한테 짜증도 덜 내게 되더라고요. 이거야말로 집사람도 좋고 나도 좋고 임자도 좋지 않소?"

"난 늘 머리가 빠개지는 것처럼 아팠어요. 병원에 다녀도 도저히 모르겠다고 하대요. 우연히 동네에 점쟁이가 와서 동네 사람들 점을 봐 주었어요. 내 사주팔자를 보더니 머리가 아프지 않으냐고 물어요. 머리가 빠개지는 것처럼 아파 병원에 다닌다고 했지요. 점쟁이는 죽 둘러앉은 사람들을 잠시 밖으로 나가게 하대요. 그리고 내 사주가 그려진 그림책을 보여주었어요. 그림으로 보는 사주도 있다는 것을 처음 알았어요. 집 안에 여자 혼자 들어앉아 독수공방을 하고 있고 담 밖에 남자가 다른 여자와 함께 서있는 그림이었어요. 공방살이 있어 내가 남편을 밀어내는 것이라고요. 그러더니 묻데요. 아저씨와 함께 살고 있냐고요. 어느 날 집을 나가 돌아오지 않는다고 했지요. 점쟁이 말이 아저씨는 어딘가에서 여자를 얻어 살고 있대요. 그리고 내 사주에 12간지 중 갑甲에 유酉가 함께 들어 독하고 모진 살이 끼었는데 도화살이라고 한대요. 이런 사주는 어디에 있든 빛이나 주목을 받고 왕성한 활동을 할 팔자인 반면 내 몸 안에서 뿜어 나오는 끼를 어떻게든 풀어내야 한대요. 그걸 풀어내지 못하면 아프고 재앙을 당하기도 한대요. 머리는 그래서 아픈 거라고 합디다. 내 웬 참 그런다고 머리가 빠개지는 것처럼 아플까 싶었는데 진짜 그러네요. 점쟁이가 용하긴 용해요. 당신을 만나고부터 머리 아프던 것이 싹 사라졌어요. 몸이 찌뿌둥하고 관절이 뻑뻑하던 것도 부드러워지고 몸이 개운해졌어요. 당신 말대로 밥만 먹는다고 사는 게 아닌 거 맞아요."

영만과의 만남은 꽤 오래 지속되었다. 시부모님들은 아는지 모르는지 일정한 날 나갔다가 오는 여재댁에게 한 번도 어디 갔다가 오냐고 묻지 않았다. 그러다가 영만의 아내가 심장병으로 죽었다. 영만은 여재댁에게 자신의 집으로 들어와 함께 살기를 간청했다. 하지만 여재댁은 여재가 언젠가 돌아올 것이라고 믿어 응하지 않았다. 또 자기 맘대로 살다가 뒤늦게 남자 그늘로 들어가 자신을 죽이고 살기도 싫었다. 설득하다 못해 포기하고 영만은 아이를 낳지 못해 소박맞은 여자를 만나 정식으로 재혼했다. 그 후 몇 번이고 영만은 여재댁을 잊지 못해 찾아왔으나 여재댁은 응하지 않았다. 그리고 영만의 방앗간을 더 이상 다니지 않았다. 속궁합이 좋아 끝나지 않을 것 같은 영만과는 그렇게 헤어졌다.

"당신 문양이 얼굴 생각나?"

여재가 그간 사는 얘기를 듣다가 물었다.

"그럼요. 시간이 가면 갈수록 다른 것들은 다 희미해 가는데 문양이 얼굴은 또렷하게 생각나요. 지금도 반달같은 눈매가 눈에 선해요. 그 눈 안에 박힌 흑진주처럼 반짝이는 검은 눈동자. 옥양목처럼 하얀 얼굴. 나는 지금도 신이 너무나 예쁘고 착한 우리 문양이가 탐나서 그렇게 일찍 데려간 거라고 생각해요. 그것이 아니면 우리 문양이의 죽음을 달리 설명할 방법이 없어요."

하지만 여재댁은 문양이의 죽음이 전생에 어딘가에 떨구어놓은 자신의 업보라고 생각했다. 문양이가 서너 살 때 낮잠을 재우기 위해 업고 한길을 서성거렸다. 그때 어떤 스님이 여재댁을 보며 딱하다는 듯이 혀를 끌끌 차며 지나갔다. 여재댁은 스님을 쫓아갔다. 왜 그러냐고 따지듯이 물었다.

"전생 그리고 금생을 사는 동안 몸과 말과 행동으로 했던 모든 행위가 뭉쳐서 나오는 것이 업입니다. 그 업에 의해 내생의 삶도 결정이 되는 것이지요. 과거는 사라져 없는 것이고 미래는 아직 오지 않았습니다. 그러므로 지금 이 순간을 어떻게 살아가야 할지가 중요합니다.

하지만 전생에 뿌려놓은 업은 피할 수가 없습니다. 전생에서

뿌린 씨앗 하나가 이 아이에게 나타나 부부를 갈라 놓을지도 모릅니다. 하지만 지금이라도 선을 쌓으면 모두 다 돌아옵니다."

이렇게 선하고 어여쁜 아이가 금슬이 좋은 우리 부부를 어떻게 갈라놓을 수 있느냐고 여재댁은 귀담아 두지 않았다. 문양이가 죽고 여재가 돌아오지 않자 비로소 그것이 무슨 말인지 알았다. 여재댁은 스님의 말끝에 모두 다 돌아온다는 말을 믿고 있었다. 스님 말대로 여재는 40년 만에 돌아왔다. 하지만 죽은 문양이 돌아올 리는 없지 않은가.

"문양이 엄마, 나 병들어 쫓겨난 거 아니야. 암세포가 위에서부터 생겨나더니 간으로까지 전이가 되었어. 의사는 삼 개월 얘기하더라고. 삼 개월이라고 하니까 그 사람이 소원을 말해보라고 했어. 고향에 가겠다고 말했지. 꼭 가야겠냐고 물었어. 가야 한다고 했지. 그 사람은 다시 묻고 또 물었어. 나는 그때마다 가야 한다고 말했어. 그 사람이 앰뷸런스를 불러 태워주어 이곳에 온 거지. 들 것에 옮겨질 때 사람들이 말하더군. 첩한테 버림받고 쫓겨난 거라고. 그런 소리 들을까 봐 그 사람이 못 가게 하는 걸 내가 왔어. 내가 오고 싶어 왔어. 첩, 첩… 그래 그 사람은 첩이지. 사십 년을 함께 살았어도 내 호적에 오르지 못했으니 첩이지. 난 당신에게 쫓겨나더라도 언젠가는 당신 곁으로 돌아와 죽으려고 했어. 당신이 이렇게 극진히 받아 줄지는 몰랐어."

지난달 목소리에 약간 쉿소리가 섞인 여자로부터 전화가 왔다.

그렇다고 듣기 싫을 정도는 아니었다. 여자는 머뭇거리다가 강여재 씨 댁이냐고 낮고 조심스럽게 말했다. 여재댁은 순간 여재와 함께 사는 여자라는 것을 직감했다. 여재가 돌아오지 않자 어디에 숨겨놓은 여자가 있어 나갔다고 사람들은 말했다. 여재댁은 십 년 살았지만 여재와 사십 년을 산 여자. 어떻게 전화번호를 알았냐고 물었다. 강여재 이름으로 된 전화번호를 찾았다고 여자가 말했다. 여자는 한 달 후 여재가 고향으로 갈 것이라고 말했다.

"문양이 엄마. 나 죽으면 그 여자 불러."

"그럼요, 불러야지요, 그 여자도 당신을 배웅을 해야지요. 나는 당신과 십 년을 산 인연이지만 그 여자는 당신과 사십 년을 인연하고 살았잖아요."

여재가 떠나고 나서 여재댁은 절을 다니며 그때 그 스님을 찾기 시작했다. 금덩산 기슭에 있는 작은 절에서 그 스님을 다시 만났다.

여재댁은 다짜고짜 스님에게 물었다.

"스님! 남편이 떠났어요. 왜죠?"

"남편이 떠난 걸 왜 소승에게 묻습니까?"

"스님이 그랬잖아요. 이 아이가 우리 부부를 갈라놓을 거라고요."

"그 아이에게서 부모와 인연이 다한 것을 보았습니다. 부모와 인연이 다했으니 떠났겠지요."

"네. 그 충격으로 남편도 떠났어요."

"부부의 인연도 다 한 것입니다. 연이 다 되었으니 떠난 것입니다. 그때까지는 간신히 아이가 연을 이어주고 있었습니다."

"이상한 일입니다. 우리 부부의 금슬은 동네에서 소문이 날 정도인데요?"

"세상의 모든 현상은 그냥 생기는 것이 아닙니다. 원인과 결과가 끈질긴 끈으로 이어져 있어요. 이것을 인과응보라고 하지요. 인과의 원인은 집착입니다. 집착은 고통스러운 삶의 결과입니다. 집착이 없으면 고통도 없어요.

보살님이 딸을 잃은 것은 알게 모르게 전생에 떨어뜨려 놓은 업보의 결과입니다. 전생은 삶의 원인이고 현세는 주어진 삶의 결과입니다. 또 현재를 사는 삶의 원인으로 인해 내세의 삶이 옵니다. 원인은 업이고 결과는 보입니다. 그러니 이승의 삶은 끊임없이 이어지는 업보입니다."

윤희아버지 기세

여재를 보러 오겠다는 동네 사람들이 많았다. 여재는 그들의 방문을 모조리 거절했다. 떠나긴 전에 가장 친했던 기세 역시 여재를 만나보고 싶어 했다. 여재댁은 여재에게 지금은 이 동네 제일가는 부자가 된 기세의 방문 의사를 전했다. 모두 다 거절했지만 여재는 기세의 방문만은 승낙을 했다.

여재는 기세가 방문하기로 한 시간, 밀려오는 고통을 잊기 위해 모르핀을 삼키고 환자복이 아닌 편안한 평상복으로 갈아입고 침대에 기댄 채 기세를 맞이했다.

"안 죽고 살아있으니 이렇게 만나는군."

기세가 여재의 손을 잡으며 말했다.

"그러게 말이야. 자넨 건강해 보여."

여재는 간신히 말했다.

"건강하긴… 내 심장이 스스로 움직이질 않아서 심장에 박동기를 달고 있어. 언제 심장이 멈춰 죽을지 몰라. 내 몸의 다른 곳들도 여기저기 고장이 나서 해마다 낡은 집을 고치듯이 고쳐가며 살고 있어."

"부자가 됐다며? 뭘 해서 돈을 벌었어?"

"자넨 분천에서 제일 많이 배웠잖아. 그래서 시도 쓰고 소설도 쓰고 선생도 되었지. 자네도 알다시피 중학교만 나온 난 제대 후 할 일이 없어 이 일 저 일 안 해본 일이 없었어. 농사를 지으면서 소도 키워보고, 돼지도 키워보고, 버섯도 키우고, 벌도 치고… 한 가지 일만 하고 산 적이 없었어. 하지만 그것들은 돈도 안 되고 고생만 하더라고.

젖소를 키울 땐 세 가지 일을 했지. 아침에 소젖을 짜서 동네 어귀에 가지고 나가면 우유 탱크차가 우유를 실러 오지. 그럼 그차를 타고 공장에 가서 일을 하고, 퇴근 후에는 집으로 돌아와 농사를 지었어. 요즘 것들은 농사 하나만 짓는 것도 힘들어 죽겠다고 엄살인데 나 살아온 얘기를 해 주면 그게 가능하냐고 묻곤 하지. 젖소를 키우니까 농사짓는 것보다는 쬐끔 돈이 되더라고. 하지만 고생만 즉사할 정도로 했지 큰 벌이는 안 되더라고.

그러다가 내 집을 짓게 되었어. 내가 군대에서 공병 출신이잖아. 목수 일을 하며 어깨너머로 설계하는 것을 보았지. 그거 흉내를 내서 내가 직접 내 집 설계도를 그려봤어. 처음에는 과연 할 수 있을까 걱정이 되었지만 그려 보니 그거 별거 아니더군. 재미도 났어. 내가 짓고 싶은 대로 막 그렸어. 창문을 넓게 하고 싱크대도 수납하기 좋게 머릿속으로 상상해가며 설계를 했어. 그리고 집을 지었어. 내 집인데 허술히 짓겠나? 꼼꼼히 잘 지었지. 내 집 지어 놓은 것을 보고 사람들이 너도나도 자기 집도 져 달라는 거야. 그 땐 시골도 제법 살게 되어 예전 재래식 집들을 부수고 새집 짓는 것이 유행이었어. 이 무식쟁이가 처음으로 서점이란 데를 가서 책을 샀어. 전원주택이란 책도 있고 뭐 무슨 하우징이란 책도 있고 메종 어쩌고 그런 잡지책도 있더군. 그런 것을 사다가 공부를 했어. 건축에 대해서는 건자도 몰랐지만 그런 것들을 보니 뭔가 떠오르는 것이 있더군. 매달 그것들을 참고로 하여 유행 따라 설계해서 집을 지어주었지. 내가 지은 집이 유명 건설회사에서 지은 집보다 튼튼하고 설계도 멋지고 비용도 싸다는 소문이 이 분천에 돌았어. 다투어 사람들이 내게 집 짓는 일을 맡겼어. 이 분천 집들은 거의 내가 지었지. 사람들은 내가 말이야, 조금만 건축에 대해 공부를 했다면 건설회사 사장 아니 회장도 되었을 거라는 거야. 중학교만 나와 집 짓는 일에 일자무식이었는데도 멋지게 집을 짓는 것을 보며 사람들은 아깝다고 혀를 끌끌 차더라고.

좀 싸게 집을 지어주었어도 제법 굵직한 돈이 모이더라고. 돈이 생길 때마다 산 쪽으로 치우쳐 있어 가격이 싼 땅을 사들였어. 문양이 엄마와 내가 이 마을 땅 다 살 거란 소문이 돌았을 정도였으니까. 문양이 엄마야 은행 빚 끌어들여 샀지만 난 은행 도움 전혀 없이 다 내 돈으로 샀어. 지금 생각해 보면 그러면 뭐하나 싶어. 내 몸이 망가져 심장에 쇳덩이를 넣고 살고 있으니 말이야. 그땐 돈이 제일 중요하다 생각했어. 노무자들과 함께 술 퍼먹고 몸을 함부로 막 굴렸지. 사장인 내가 노무자들하고 자며 똑같이 대우해 주니까 다들 자기 집처럼 하자 하나 없이 집을 지어주더라고.

나야 집을 지어 팔아 땅을 샀다지만 문양이 엄마는 순전히 농사지어 번 돈에다 은행돈 끌어다가 산 땅이야. 여장부야. 문양이 엄마는… 자네가 있을 땐 그저 얌전하고 어여쁜 아낙이었지. 참이상해. 문양이 엄마가 얌전하고 조신하게 살 팔자가 아닌가봐. 결국 자네가 문양이 엄마를 여걸로 만든 거야.

거 왜 저수지에서 산 쪽으로 있는 땅 있잖아. 산 쪽으로 있지만 약간 낮아 비만 오면 물에 잠겼던 땅. 난 그것을 사들였어. 그땐 헐값이었어. 일 년에도 몇 번씩 물에 잠기는 땅인데 누가 돈을 주고 사겠나? 그냥 주운 셈이지. 거기를 흙으로 높게 메꾸어 놨더니 제법 반듯한 땅이 되더라고. 요즘은 저수지에 배수 시설을 잘해 놓았어. 그랬더니 뭐 뷰가 좋다나 뭐라나, 그쪽으로 카페촌이 형성되었어. 산 쪽에서 저수지를 내려다보고 있는 배산임수형 땅이라 풍수지리학적으로도 좋아 가격이 제법 나가.

내 딸 윤희 알지? 문양이 친구, 그 녀석이 그걸 준다니 글쎄 싫다는 거야. 저수지 근처에 살기 싫다고… 왜 물귀신이 나온다는 소문이 있고 몇 년에 한 번씩 거기서 사람이 죽곤 했었지. 자네 딸도 거기서 죽었지. 요즘은 난간을 제대로 해 놔서 그런 일은 전혀 없어. 결국 윤희가 그 땅 싫다는 바람에 그건 제 동생 윤진이를 주고 갠 산에 있는 가격이 그보다 못한 걸 주었어. 동생은 거기다가 집을 짓고 빵집인지 커피 파는 집인지… 암튼 그런 거 차려 돈을 끌어모으고 있어. 윤진이가 날 닮고 윤희 그 아인 즈이 어미만 닮았어. 그 땅을 윤희에게 준다니까 싫다고 했으니 갠 한참 모자라는 장사를 한 셈이지.

"문양이 친구 윤희?"

"그래 자네 딸 문양이 친구 윤희… 갠가 그렇게 머리가 좀 모자라."

"그 아이 잘 있나?"

"죽지 않고 사니 있기야 잘 있겠지. 지금 일산에 살아. 걘 남자 기피증이 있어. 결혼은 했는데 한 달도 못 살고 헤어져 여태까지 혼자 살아. 다정하게 구는 남편에게 죽임을 당할 것 같다는 거야. 불안 강박 스트레스… 그래서 생긴 정신병. 요즘에는 뭐 그런 것을 공황장애라고 부른다지만 그땐 그냥 정신병이라 불렀어. 정신병원에 입원해 육 개월 동안 치료를 받기도 했어.

의사 얘기로는 자네 딸 문양이의 죽음이 어떤 식으로라도 작용을 했다는 거야. 위아래 집에서 일주일 일찍 태어나 어릴 때부터 늘 붙어서 자랐고 학교도 늘 같이 다녔잖아. 그런 친구가 어느 날 오지 않자 왜 안 오느냐고 물어 이젠 안 올 거라고 얘기해주었지. 죽어서 더는 오지 않을 거라고. 여덟 살 때는 죽음이란 것을 실감하지 못할 때야. 아무런 반응도 보이지 않고 학교를 잘 다녔어.

우리 딸이 자네 딸 문양이 만은 못 했지만 공부는 그럭저럭했어. 중학교 때부터 수원으로 유학을 보냈지. 내가 말이야, 공부가 그렇게 하고 싶었어. 난 공부를 못하지도 않았잖아. 자네 고등학교 가고 대학 갈 때 얼마나 부러웠는지. 나중에 내 자식은 꼭 대학 졸업시켜야지 하고 결심을 했었지. 그런데 걘 머리는 그다지 좋지 않아. 하지만 굉장한 노력파야. 공부 때문에 속 썩인 일 없이 대학까지 잘 나와 결혼을 했어. 그런데 결혼하고서 그 증상이 나타난 거야. 사위란 놈이 병 고쳐 줄 생각은 안 하고 정신병자를 자기한테 시집을 보냈다고 나한테 와서 대들며 따지더라고. 그 녀석은

재복이 없는 거야. 윤희 병 고치고 잘 데리고 살았으면 내가 땅 몇 필지 떼어주었을 것을. 그럼 지금쯤 배 두드리며 잘 살았을 텐데 말이야."

"윤희는 지금 뭘 하나?"

"출판사 다니며 소설을 써. 내 웬 참. 대학공부 가르쳐놨더니 그깟 돈도 안 되는 소설을 쓴다고 그러고 있어. 돈이 안 되니까 낮에는 출판사에 다니고 저녁이면 소설을 쓴대. 출판사를 때려치우고 소설만 쓰기에는 먹고살 자신이 없나 봐. 지방 신문사 어딘가로 등단을 하긴 했다는데 고생만 했지 돈이 안 돼요. 돈이… 그러고 보니 자네도 한때는 문학청년이었지. 학교에서 백일장에 나가면 언제나 상을 받아왔지. 시도 쓰고 소설도 썼잖아. 언젠가 자네 시를 읽어보긴 했었지. 나 같은 무식쟁이가 읽어본 들 뭐 알겠어. 한글로 된 말인데 도무지 뭐라고 하는 소린지 모르겠더라고.

이상해. 처녀 적엔 그런 병이 없었어. 결혼하고 그 병이 나타났어. 사위와 보통리 저수지를 산책할 때 발작을 일으켰어. 숨도 못 쉬고 그 자리에서 쓰러졌어. 처음엔 간질인가 했어. 우리 집안에 그런 병력은 없지만 말이야."

여재는 부들부들 떨면서 기세의 이야기를 들었다. 수초 사이 검게 넘실거리는 물속으로 그 아이를 밀어 넣으려던 순간을 여재는 자기만 아는 비밀이라고 생각했다. 윤희도 여재가 품은 그 악의를 알고 있었다. 살아오면서 여재는 윤희가 그 살의를 알았을까 그게 늘 수수께끼였다. 어린 윤희가 몰랐을 수도 있다고 믿어보려고도 했다. 여재는 자기 스스로 그 순간이 용서가 안 되어 평생을 숨어서 살았다. 이만하면 속죄가 되었나 싶었는데 지금 기세는 딸이 공황장애를 일으켜 이혼했다고 말하고 있다.

한참 만에 여재가 기세에게 말했다.

"자네 딸 윤희 좀 만날 수 있게 해 주겠나?"

윤희의 그날

출판사에 월차를 내고 윤희는 분천으로 향했다. 어젯밤 아버지는 전화를 해서 문양이 아버지가 너를 만나보고 싶대. 아마도 문양이 생각이 나나 봐, 하고 대뜸 말했다. 아버지는 문양이 아버지가 아무도 만나지 않는다는데 선뜻 만나준 것이 기쁜지 잔뜩 들떠 있었다. 하긴 친하던 친구를 40년 만에 만났으니 들뜨지 않을 수가 없었으리라. 다 죽어가는 문양이 아버지의 모습이었지만 만나고 나니 내 집처럼 들락거리며 살던 젊은 날 생각이 나고, 무엇보다 대학까지 나온 여재에 비해 가난하여 중학교밖에 못 나온 아버지가 동네에서 몇 안가는 부자가 된 것을 뽐낼 수 있었을 것이다. 아버지는 대학을 나와 학교에 근무하던 여재가 부러웠는지 그다지 똑똑하지 않은 윤희를 공부시키려고 애를 썼다. 초등학교를 졸업하고 다들 봉담의 중학교로 진학했지만 아버지는 윤희를 동생 윤진이와 함께 수원으로 유학을 보냈다. 윤희는 중학교 때부터 자취를 했다. 아버지는 사사건건 윤희 자매의 행동을 간섭하고 공부를 챙기고 더 잘하라고 다그쳤다. 아버지는 당신이 공부하지 못한 한풀이를 윤희자매에게 풀었다. 윤희는 자의 반 타의 반 공부를 했다.

분천이 경기 남부라면 윤희가 살고 있는 일산은 경기 북부다. 근무하는 출판사가 그곳에 있어 윤희는 근처에 아파트를 분양받아 살았다. 산을 좋아하는 윤희는 북한산이 가까워 그곳을 좋아했다. 주중에는 사무실에서 원고교정을 보며 활자와 씨름을 하고, 밤이면 소설 습작을 하고, 주말이면 산엘 다녔다. 윤희가 제일 자주 가던 곳은 원효봉이었다. 등산로가 가파른 돌층계로 되어있어 오르기 힘들지만 오르다 보니 익숙해져 자주 찾게 되었다. 그렇게 윤희는 마흔여덟을 지나고 있었다.

부모님이 고향에 계시지만 윤희는 명절 때 이외에는 분천을 거의 가지 않았다. 도시로 흘러 들어가 살던 그 순간부터 분천으로의 귀향을 꿈꾸어왔다. 도시에서의 생활은 남의 옷을 빌려 입은 듯 어색했다. 세상은 윤희를 홀로 등 돌려세워 놓고 저들끼리 막 달려가는 것 같았다. 분천을 그토록 그리워함에도 불구하고 윤희가 분천을 찾지 않는 이유는 아버지 때문이었다. 아버지는 중학교만 나와서도 대학 나온 사람보다 더 훌륭한 집을 짓는데 대학까지 가르쳐 놓은 너는 뭘 하고 있냐고 늘 다그쳤다. 아버지가 세상을

재는 잣대의 중심은 아버지였고 그리고 돈이었다. 누구는 집을 사서 얼마를 벌었고, 누구는 집이 몇 채고, 누구는 땅을 사서 그것이 지금 몇 배가 올랐고, 누구는 거기다가 다가구주택을 지어 월세가 얼마라는 둥…

아버지는 윤희가 소설을 쓰는 것을 늘 못마땅해했다. 대학 나와서 돈도 안 되는 것을 붙들고 있다고 윤희에 대한 불만을 입에 달고 살았다. 윤희는 보통리 저수지에 있는 땅에다가 예쁘게 집을 짓고 베이커리 커피집을 운영하는 동생 윤진이와 끊임없이 비교 당했다. 아버지에게 그런 소리를 듣지 않으려고 나름대로 최선을 다하고 있었다.

소설이란 것은 열심히 쓴다고 되는 것이 아니다. 설사 소설가란 이름을 얻었다고 해도 별로 소용이 없다. 또 좋은 작품을 써냈다고 남들이 알아주는 것도 아니다. 윤희가 열심히 한 것으로 치면 고시에도 합격했을 것이다. 어찌어찌 등단했다 해도 그뿐이고, 주위에서는 좋은 작품이라고 하지만 그냥 그뿐이었다. 독자는 인기 위주의 작가에게 한정되어 있고, 유명출판사에서는 인기 위주의 작가 작품만을 찍어내기에 바빴다. 무명작가의 검증되지 않은 책을 사겠다는 독자가 별로 없으니 출판사의 입장도 충분히 이해할 수 있다. 그렇게 발버둥 치다가 독자도 없이 사라져버릴 것이라는데 생각이 미치자 소설을 쓴다고 앉아 있던 지난 세월이 허무했다. 아버지의 기대처럼 돈 되는 일을 하며 세월을 보냈으면 윤희도 윤진이처럼 부자가 되었을까? 지금이라도 때려치울까? 이만큼 많은 시간을 투자해 공부한 지금, 소설은 버릴 수도, 그대로 끌어안을 수도 없는 꼭 사랑이 식어버린 애인 같았다.

일산에서 분천 가는 길은 언제나 막혔다. 외곽순환도로는 계산 IC부터 막혔다. 아버지는 문양이 아버지가 금방이라도 어떻게 될지 모르니 서둘러 내려왔다 가라고 당부해 떠난 길이었다. 윤희는 앞에 놓여있는 정체된 길처럼 건너뛸 수 없는 것이 운명이라고 생각했다. 아무리 피해 가려 해도 운명이란 것은 앞서가 윤희를 기다리고 있었다. 하늘에서 누군가가 내려다보고 운명이란 씨줄과 날줄을 가지고 짜는 대로 살아가는 것이 아닐까 생각했다. 윤희가 평범한 주부로 살지 못하여 이혼을 하고 소설을 만난 것도 운명이라 생각했다.

문양이 아버지가 돌아온다는 소문이 돌 때부터 어머니는 전화를 해서 문양이네 상황을 얘기해 주었다. 솔직히 어머니와 통화하면 서로 할 얘기가 없어 난감했다. 모처럼 할 말이 생긴 어머니는 신이 나서 시시때때로 전화를 했다. 글쎄 문양이 엄마가 땅을 팔았어. 집을 허물지 않고 예전의 모습대로 그냥 그 뭐냐 리모델링… 그걸 한대. 그런데 보니까 집을 허물지만 않았다뿐이지 새로 지은 것이랑 마찬가지야. 마당에 있던 광은 허물고 거기다가 잔디를 깔고 근사한 나무도 심어놨더라고. 침대는 의료용으로 빌려왔다더라. 요즘은 그런 것도 빌려준대. 문양이 아버지 올 때 가 봤는데 글쎄 몸이 조그만 아이 같았어. 사람이 죽을 때가 되면 온몸에서 진이 다 빠져나가 아이만 해져 죽는가 봐. 오늘은 누가 문양이 아버지를 보러 갔다가 퇴짜를 맞았고, 오늘은 누가 문양이 아버지 드시라고 고기를 끊어다가 드렸다는 거며, 오늘은 문양이 엄마 친구가 닭을 잡아다 주었다는 둥, 어머니의 할 말은 끊이지 않았다. 문양이 아버지가 만난다고 한 유일한 사람이야. 너의 아버지는… 어머니의 그 전화를 받고 얼마 안 있다가 아버지의 전화를 받았다.

문양이에게는 쌍둥이 동생 문식이와 문규가 있다. 그럼에도 불구하고 어머니와 동네 사람들 모두는 40년 전에 죽은 딸 이름을 붙여 문양이 어머니라고 불렀다. 문양이가 예쁘고 똑똑했던 것에 비해 문식이와 문규는 문양이 동생이라고 도저히 믿기지 않을 정도로 공부는 고사하고 어딜 가나 말썽을 부렸다. 쌍둥이가 고등학교에 진학할 때 시골 중학교에서 몇 명 떨어지는 입시에서 둘이서 똑같이 낙방을 했다. 그래서인지 분천 사람들은 아직까지 모두 다 문양이 어머니라고 불렀다. 문양이 어머니에게 시간은 40년 전에 멈추어 버렸다.

윤희의 시간도 그날 멈추어 버렸다. 학교에 다닐 때는 몰랐는데 대학을 졸업하고 아버지의 주선으로 들어간 수협에서 몇 년 근무하다가 민수와 결혼하고서야 알았다. 신혼여행에서 돌아와 친정을 방문했을 때 윤희는 남편 민수와 함께 보통리 저수지를 산책

했다. 걷다가 아름답고 한적한 주위의 분위기에 취해 민수가 윤희 어깨를 두 팔로 감싸 안고 몸을 끌어당겼다. 민수가 윤희의 얼굴에 막 입술을 대려는 순간이었다. 별안간 윤희가 숨을 쉬지 못하고 얼굴이 파랗게 질리면서 그 자리에서 쓰러져 정신을 잃었다.

두 번째 발작은 민수와 섹스 도중에 일어났다. 민수가 윤희 위에 올라타 막 사정을 하려고 했을 때 윤희는 극심한 공포에 떨면서 질식해 죽을 것처럼 소리치다가 정신을 잃었다. 병원에서 극심한 스트레스에 의한 발작이란 진단이 나와 정신병원에 입원을 했다.

혼인신고도 안 된 상태에서 일어난 일이라 이혼하고 말고도 없었다. 아버지는 자기가 죄를 지은 것처럼 민수에게 미안하다며 병은 어떻게든 고쳐줄 테니 이혼만은 말라고 사정을 했지만 민수는 떠났다. 어머니는 민수로부터 받은 패물을 그대로 돌려주었다. 하지만 민수는 어머니가 해 준 시계며 반지를 돌려주지 않았다. 어머니는 그런 민수가 소갈딱지 없다며 더 좋은 사람을 만날 것이니 헤어짐을 아쉬워하지 말라며 윤희를 달랬다.

민수는 결혼해 아들딸 낳고 잘살고 있다는 소식이 들려왔다. 수원 시내에서 같은 학교 동창이었던 민수 소식은 듣지 않으려고 해도 저절로 귀에 들어왔다. 민수와는 꼭 좋아서 결혼 한 것이라기보다 혼기에 차서 어쩔 수 없이 선택한 사람이었다. 아버지는 혼기에 찬 자식은 한 시도 보지 못했다. 지나가는 남자라도 붙들고 아무나 결혼을 시킬 참이었다. 마침 민수와 몇 번 데이트를 해서 그런대로 큰 하자는 없는 사람이다 싶어 한 혼인이었다. 헤어지고 나니 이상하게 덤덤했다. 잘살고 있다니 그것만으로도 다행이었다.

윤희는 육 개월간 입원했다가 퇴원했다. 그곳에서 닥치는 대로 독서를 했다. 윤희는 남들보다 배 이상 노력해도 학교 성적은 그다지 뛰어나지는 않았다. 병원에서 윤희는 운명처럼 소설을 만났다. 책을 잡으면 시간 가는 줄 몰랐다. 여태까지의 삶은 아버지에게 떠밀려 공부를 하고 취직을 하고 결혼을 했다. 윤희는 소설을 만나고 비로소 아버지로부터 벗어날 수 있었다. 병원에서 나오니 다니던 수협은 이미 퇴직 처리가 되어있었다.

소설 습작이 시작되었다. 첫 작품을 써서 신춘문예에 응모했더니 심사한 소설가가 전화를 했다. '최종 두 편에 올라왔다. 거칠지만 타고난 이야기꾼이다. 일 년이 될지 오 년이 될지 십 년이 될지 모르지만 포기만 하지 않으면 좋은 소설가가 될 것이다'라고 격려해 주었다. 탁월한 이야기꾼이란 소리를 들었으니 열심히만 하면 금방이라도 소설가가 될 것 같았다. 하지만 가끔 최종심에 올라가 떨어지며 한 해 또 한 해… 그렇게 십 년이 흘렀을 때 지방신문의 신춘문예에 겨우 당선되었다.

아버지는 남자면 무조건 만나보라고 성화를 했다. 혼자 사는 여자는 길바닥에 나 앉은 사람 취급을 하여 아무하고나 엮었다.

아버지가 성화를 하지 않으면 윤희는 나름대로 결혼에 대한 환상을 갖고 있었을지도 몰랐다. 아버지의 등쌀에 윤희는 결혼 같은 것은 아예 접었다. 그리고 그 소리가 듣기 싫어 분천을 멀리했다.

윤희가 분천에 도착했을 때 아버지는 먼저 문양이네로 갔으니 뒤쫓아가 보라고 어머니가 일러주었다. 윤희는 천천히 걸어서 문양이네를 향했다.

이곳은 예전 그대로의 모습이었다. 야트막한 산으로 둘러싸인 분지라 발전이 늦어진다고 사람들은 안타까워했지만 윤희는 예전 모습 그대로인 이 분천이 좋았다. 마을 건너편까지 초고층 아파트가 밀고 들어왔지만 이 마을은 산이 두르고 있어 입구에서부터는 간간이 공장과 물류창고들이 보이고 마을 깊숙이 들어오면 전원주택과 농가 주택뿐인 한가로운 예전의 모습 그대로였다.

윤희는 문양이가 학교 가는 길에 들르곤 했던 그 길을 거슬러 올라가 문양이네로 향했다. 예전에는 오솔길이었지만 지금은 차가 다닐 수 있는 아스팔트 길이 되었다. 양쪽으로는 나팔꽃 모양의 분홍 낮달맞이꽃이 흐드러지게 피었다. 예전에는 찾아볼 수 없는 꽃이었다. 문양이네 역시 예전 그 자리에 그대로 있지만 리모델링하여 여느 전원주택처럼 깨끗하고 산뜻한 모습이었다.

문양이네 들어선 윤희는 검은색 스커트에 물빛인데도 어두운 느낌이 나는 블라우스를 입고 있었다. 검은 머리는 길게 길러 늘어뜨려 어깨까지 내려와 찰랑거렸다. 보통의 사십 대 중후반 여자의 모습이었지만 어딘지 모르게 우울한 얼굴이었다. 윤희가 방으로 들어섰을 때 밖에서 빛이 쏟아져 들어왔다. 빛을 등지고 서 있는 윤희의 모습이 역광으로 찍은 사진처럼 느껴졌다.

몸속에 있는 모든 진액이 빠져나간 듯 검고 조그만 여재의 몸이 의자 귀퉁이에 앉아 윤희를 기다리고 있었다. 여재는 문양이 어머니와 기세에게 잠시 자리를 비켜달라고 말했다. 여재와 윤희만이 거실에 남았을 때 여재가 윤희에게 좀 더 가까이 오라고 손짓했다. 윤희는 여재에게 두 발짝 가까이 다가섰다.

"넌 알고 있었니? 내가 돌아오지 않는… 아니 돌아오지 못하는 이유를…"

여재의 목소리는 들릴 듯 말 듯 했다. 윤희가 말이 없자 여재는 목에 힘을 주어 천천히 다시 말했다. 윤희가 말없이 고개를 끄떡이며 여재의 얼굴을 보았다. 문양이 아버지 눈빛은 애처로우면서도 금방이라도 감길 듯 기운이 없었다. 저수지 둑에서 핏발이 선 눈으로 윤희를 보던 눈빛은, 젊은 날 내내 따라다니던 장작불처럼 활활 타오르던 그 눈빛은, 금방이라도 꺼질 것 같았다.

"용서… 해 줄 수 있니?"

윤희는 여재에게 다가가 뼈만 앙상히 남아 갈퀴 같은 손을 잡았다. 얼음처럼 차가웠다. 윤희는 눈물을 떨구며 말했다.

"그럼요. 아저씨. 돌아와 주셔서 기뻐요."

"홀가분하구나. 네가 용서를 해 주었으니…"

"문양이 만나시거든 저 잘 살 거라고 말씀해 주세요."

"그래 넌 문양이 못 산 것까지 다 살아라."

여재는 홀가분한 얼굴이 되었다. 순간 모르핀 약효가 떨어졌는지 찡그리기 시작했다. 여재는 고통에 일그러진 얼굴로 말했다.

"소설가… 라며?"

여재는 몸속에 남아 있는 마지막 남은 힘을 몽땅 끌어모은 듯 제법 큰 소리로 물었다.

"겨우 등단한 상태에요. 문양이 얘기 쓰고 싶어 소설가가 되었어요."

"…곧 문양이 만날 텐데 너무… 너무… 부끄럽지 않게… 해 다오."

여재는 마지막 진액까지 다 짜낸 듯이 띄엄띄엄 작은 목소리로 말하며 윤희의 손을 놓았다.

"문양이 이름 지을 때 글이 바다와 같이 쌓인다라는 의미로 지었어. 아마도 살아있다면 그 아인 글을 썼을 게다. 내가 못한 것을 그 아이는 했으면 해서 지은 이름이었지. 이젠… 네가 해. 문양이가 못한 거 네가 해 줄 수 있지? 너 글 쓰는 거… 저세상에 가서도 응원할게."

말을 마치고 의자에 기대어 눈을 감은 여재의 얼굴은 평온해 보였다.

그 여자의 그날

검은 테를 두른 액자 안에서 삼십 대 중반의 여재는 밝게 웃고 있었다. 그것은 분천을 떠나기 전 이곳 사람들이 기억하는 여재의 마지막 모습이었다.

분천 골 사람들은 여재와 함께 산 여자에 대한 추측이 분분했다. 남편 있는 여자와 도망쳐 40년을 숨어서 지냈다는 얘기에, 돈 많은 과부의 기둥서방으로 살다가 병이 나서 쫓겨났다는 소리에, 심지어는 여자가 벙어리다, 곱추다… 분분했다. 하지만 여재가 한 번도 고향에 소식을 전하지 않았음으로 모두 다 추측일 뿐 정확한 것은 알 수 없었다. 이러니저러니 소문만이 비 그친 뒤 솟아나는 독버섯만큼이나 무성했다.

여재댁은 소복을 하고 이 모든 장례를 지휘했다. 슬픔이나 기쁨 서러움… 모든 감정을 집어삼킨 여재댁은 아무리 바람이 불어도 끄떡 않는 고목과도 같은 모습이었다.

남들은 어떻게 생각할지 모르지만 여재댁은 40년을 나가 살다가 돌아온 여재가 야속하지 않았다. 젊은 날에는 돌아오지 않는 여재를 많이 원망했지만 어느 순간부터는 자신의 운명이 여재를 40년 동안 낯선 땅에 떠돌게 한 것 같아 오히려 미안하기까지 했다. 돌아온 지 한 달 반 만에 타계한 여재의 마지막 길에 예를 꼼꼼히 갖추고 대접도 후하게 해 주고 싶었다. 손님 대부분 이곳 분천골에서 나고 자라 70대 중반까지 함께 늙어버린 여재댁의 손님이다. 여재가 떠나고 없는 시간을 함께 어울리며 40년을 견디게 해 준 사람들이다.

객지에 나가 있는 두 아들에게 연락을 했다. 문식이는 부모와 처자식을 버리고 나가서 산 사람은 아버지가 아니다, 그런 사람 장례식에는 참석하지 않겠다고 냉정히 거절했다. 문규는 여재댁의 간곡한 설득으로 마지못해 저녁 늦게 도착하겠다고 했다. 아버지의 부재로 인해 어릴 때 쌍둥이가 얼마나 많은 방황을 했는지 여재댁은 알고 있었다. 여재댁 역시 일 속에 묻혀 두 아들에게 제대로 해 준 것이 없어 늘 미안했다. 상주도 없는 한산하기만 한 장례식장이었다.

여재댁은 동네 상조회에서 주방을 담당하는 아줌마를 소개받았다. 그리고 아줌마에게 특별히 부탁해서 돼지머리를 직접 누르고 소갈비 탕을 끓이도록 지시했다. 떡도 가지가지 색을 넣은 송편과 절편을 특별히 주문했다.

손님 받을 채비로 분주한데 영안실 문으로 하얀 소복을 입은 여자 둘이 들어왔다. 한 여자는 나이가 많고 한 여자는 젊은 여자였다. 여자를 본 순간 여재댁은 여재가 함께 살던 여자라는 것을 직감했다. 여재가 운명하자 가장 먼저 여자에게 연락을 했다. 올 때쯤 되었다고 생각하고 있었다. 또 한 젊은 여자는 분위기가 묘했다. 문명을 비껴간 자연인의 모습이랄까. 젊은 여자는 어느 한

군데 몸치장한 흔적이 없어 얼른 보면 전정을 하지 않은 나무처럼 거칠면서도 건강한 야생의 모습이었다. 누구인지 짐작이 되지 않았다. 하지만 왠지 인상이 낯설지 않았다.

두 여자는 영정에 꽃을 바치고 정성 들여 두 번 절을 했다. 그리고 여재댁을 향해 걸어왔다. 형님! 여자는 여재댁에게 목례를 하며 말했다. 전화 속의 목소리보다는 밝았다. 눈꼬리가 약간 처지고 앞니가 조금 나와 그다지 예쁜 얼굴은 아니지만 전체적으로 유순해 보였다. 칠십 중반의 여재댁이 여든도 넘어 보이는 반면 여자는 갓 칠십쯤 되어 보였다. 남편 그늘에서 살아온 여자와 남편 없이 산 여자의 얼굴은 어딘지 모르게 차이가 나타났다. 여재댁은 순간 여자에게 질투를 느꼈다. 그때 여자가 옆에 서 있는 젊은 여자를 쳐다보며 말했다.

"양이야. 인사드려 큰 어머니야."

여자가 젊은 여자에게 말했다.

"처음 뵙겠습니다. 문양이입니다."

젊은 여자가 고개를 숙이고 인사를 했다.

여재댁은 자신의 귀를 의심했다.

"뭐… 뭐라고…요."

"문양이입니다."

"문…양이… 문양이라고요?"

"네. 성은 문이고 이름은 양이에요."

여재댁은 그 자리에서 혼절해 쓰러졌다.

여자는 여재댁을 상주 실에 모셔놓고 몸을 주물러가며 깨어나기를 기다렸다. 여재를 만난 그날 이후 40년의 세월이 주마등처럼 흘렀다.

때 이른 더위가 몰려와 물러갈 줄 몰랐다. 여자의 남편이 죽던 날 몰려온 더위는 초상을 치르고 나서도 계속되었다. 남편이 죽고 아이도 없으니 여자는 우두커니 앉아 울고만 있었다.

보름 되던 날 여자는 국밥집 문을 열었다. 삼칠일이나 지나고 밥집 문을 열지 너무 성급하다며 주위에서는 수군거렸다. 울고 앉아 있는 것보다 무엇인가 해야겠다는 여자의 생각이었다.

초상을 치르느라 내버려 둔 배추밭으로 갔다. 배추밭인지 풀밭인지 잡초가 가득했다. 풀을 헤치고 노란 꽃을 피우고선 얼갈이배추를 뽑았다. 여자는 꽃대를 따 버리고 이파리를 삶아 우거지를 만들었다. 뒤란에 걸어놓은 양은솥에다 물을 적당히 붓고 된장을 풀고 쌀독 안에서 남편이 틈틈이 잡아다가 삶아서 말려놓은 민물 새우를 한 움큼 꺼내다가 집어넣었다. 거기다 우거지를 넣고 팔팔 끓였다. 보리타작을 해 봉당에 쌓아놓았던 보릿단을 가져다 태우니 보릿단에서 탁탁 비명 같은 소리를 내질러대며 타들어 갔다. 이 국밥집의 비밀은 이 민물 새우였다. 여자의 남편은 어디선가 민물 새우를 잘 잡아왔다. 여자네 집 독 안에는 마른 민물 새우가 언제나 그득했다. 한참을 끓이다가 칼칼한 풋고추와 대파를 넉넉히 썰어 넣고 마늘을 듬뿍 찧어 넣었다. 마지막으로 고춧가루 한 숟가락 떠 넣으니 시원하고 얼큰한 우거짓국이 되었다.

그날 밥장사는 역시 손님이 없었다. 초상 치른 지 얼마 되지 않은 집에 그것도 더운 날 뜨거운 국밥을 선뜻 먹으러 오기가 불편했던 것 같았다. 그럼에도 불구하고 여자가 국을 끓인 것은 국밥 한 그릇만 먹으면 깔깔하던 입맛이 돌아 몸이 회복될 것 같았기 때문이다. 여자는 국을 떠서 밥을 말아 점심으로 먹었다. 부드럽게 고아진 배추 줄기가 목구멍을 타고 내려갔다. 금방이라도 고꾸라질 것 같던 여자의 몸이 무언가로 다시 채워진 느낌이었다. 불과 얼마 전까지 한 이불 속에서 살을 부비며 살았던 남편이 죽어 땅속에서 썩어 가는데 산 사람은 살려고 밥을 꾸역꾸역 먹고 있다고 생각을 하니 다시 목이 메었다. 삼복더위가 오기 전이라 그늘에서는 더위를 견딜만했다. 그날은 동네를 지나던 뜨내기손님조차 없었다. 저녁에도 여자는 혼자 앉아 국밥을 떠서 먹었다.

막 문을 닫으려는데 웬 남자가 기웃거렸다. 부엌 정리를 다 해 놓은 상태라 여자는 오늘 장사는 끝났다고 말했다. 남자가 문을 열고 배가 몹시 고프니 밥 한 그릇 주면 안 되겠냐고 말했다. 남자의 얼굴은 금방이라도 쓰러질 듯 초췌해 보였다. 들어오라고 하고 국을 떠서 밑반찬 몇 가지 해서 가져다주자 남자는 국에 밥을 말아 며칠 굶주린 사람처럼 허겁지겁 퍼먹었다. 여자가 밥 한 공기와 국 한 대접을 더 가져다주자 남자는 그것도 다 먹어 치웠다. 결국 그날 끓인 우거짓국은 여자가 두 그릇 먹고 남자가 두 그릇 먹었다.

밥을 다 먹은 남자는 여자에게 물 좀 달라고 하였다. 물그릇을 가져다 놓았을 때 남자는 여자의 머리에 꽂힌 하얀 리본을 보았다. 왜 머리에 하얀 리본을 꽂았냐고 물었다. 여자는 남편이 물에 빠져 죽은 지 보름이 되었다고 사연을 말하며 울었다. 남자가 다가와 우는 여자를 부둥켜안았다. 딸이 물에 빠져 죽은 지 한 달이 되었다고, 그래서 그곳에서 견딜 수가 없어 떠났다며 남자는 울었다.

남자와 여자는 부둥켜안고 봇물이 터진 듯이 울음을 터트렸다. 두 사람의 슬픔은 장맛비가 쏟아져 내리는 것처럼 눈물로 쏟아졌다. 서로 자신들의 슬픔이 더 크다는 듯이 그렇게 소리 내어 울고 또 울었다. 밤의 열기가 식고 창밖으로 새날이 밝아왔다. 울다가 지친 두 사람은 자신들도 모르게 한 몸이 되어있었다.

여자는 죽은 남편과 결혼해 7년을 살았어도 아기가 없었다. 자궁을 따뜻하게 해 주어야 한다고 해서 생강을 끓여 마시고 여름에도 몸을 따뜻하게 굴렸다. 쑥과 마늘이 자궁에 좋다 하여 쑥떡을 해 두고 먹고, 마늘을 많이 심어 음식마다 듬뿍 넣었다. 아기를 점지해달라고 틈만 나며 절에 다니며 불공을 드리고, 용하다는 한약방을 다 찾아다녔지만 모두 다 허사였다. 그러다가 남편이 덜컥 죽었다. 여자는 남자와 만난 지 불과 몇 시간 만에 양이를 잉태했다.

여재댁이 눈을 떴을 때 여자와 양이가 여재댁을 들여다보고 있었다. 여재댁이 양이를 천천히 바라보았다. 문양이가 죽지 않고 살아있다면 지금의 양이와는 전혀 다른 모습이었을 것이다. 문양이는 잘 전정이 된 나무처럼 아름답지만 조금은 나약했을 것이라고 상상이 되었다. 글이 바다처럼 쌓여 아마도 학자나 교수가 되었을 성싶었는데 이 아이는 전혀 달랐다.

"정신이 드세요?"

양이가 말했다.

"성이 문 씨유?"

"네. 어머니는 양이라고 부르지만 아버지는 늘 성까지 함께 문양이라고 불렀어요."

양이가 말했다.

"그럼 몇 살인가?"

"서른아홉입니다."

양이가 말했다.

"생일은요?"

"사월입니다."

여재댁이 계산해 보니 문양이가 죽은 이듬해 바로 양이가 태어났다. 여재는 문양이가 죽고 한 달 만에 이곳을 떠나 어디선가 곧바로 문양이를 만들고 그 문양이가 서른아홉이 될 때까지 살다가 왔다. 여재댁은 운명처럼 눈앞에 있는 문양이의 손을 꼭 잡았다.

그리고 내려다보고 있는 여자에게 물었다.

"죽은 남편이 문 씨유?"

여재댁이 양이에게 물은 것처럼 또 다시 물었다.

"네. 남편이 죽은 지 보름 만에 양이가 들어섰어요."

여자가 말했다.

"그간 문양이 아버지를 찾으려고 경찰에 행방불명되었다는 신고를 하고 온갖 방법을 동원해서 찾아봤지만 허사였어요. 하지만 이상하게도 난 어딘가에 반드시 살아있을 거라고 믿었어요. 경찰은 이민을 간 것도 아니고 이 나라 안에서 흔적도 없이 산다는 것은 불가능한 일이라고 했어요. 살아있으면 어떻게든 흔적이 있는데 그런 것이 없으니 이 사람은 틀림없이 죽은 사람이다. 그러니 더 이상 찾지 말라고 했어요. 살아있으면서 어떻게 감쪽같이 숨어 살았어요?"

여재댁이 말했다.

"분천 사람들에게는 양이 아버지를 오빠라고 소개했어요. 그리고 곧바로 분천을 떠나 태백산 산속 깊숙이 들어갔어요. 거기서 양이를 낳았어요. 경황이 없어 남편 사망신고를 하지 않았지요. 산속에서 양이를 죽은 남편 문민식 호적에 올리고 양이 아버지는 문민식이란 이름으로 이제껏 살았어요."

여재댁이 오랫동안 품고 있었던 의문이 풀렸다. 강여재가 감쪽같이 문민식이가 되어 살았으니 찾을 방법이 없었다. 여재는 죽을 때야 자기의 이름을 찾으러 자기가 살던 곳으로 온 것이다.

"그러면 문민식이란 이름으로 뭘 해서 먹고 살았어요?"

"죽은 남편은 배움이 많지 않았어요. 그 이름으로 살려니 취직을 할 수도 다른 뭐도 할 수도 없었어요. 우린 국밥집 정리한 돈을 가지고 무작정 산속으로 들어갔어요. 풍광이 좋은 곳을 골라 나무를 베어다가 손수 집을 지었어요. 그리고 문양이 아버지가 근처 냇가에서 빠가사리와 붕어 버들치를 잡고 민물 새우도 잡아 왔지요. 그걸로 그곳을 지나가는 나그네에게 매운탕을 끓여주고 재워주기도 하며 살았어요. 문양이 아버지가 병이 날 때까지 그렇게 살았어요.

여인숙 같은 것을 세월에 지나니 펜션이라고 말하더군요. 어느 날 보니 우린 펜션 주인이 되어있었어요. 양이 아버지는 손재주가 많아 집을 짓고 고치는 일을 잘했어요."

학교 교사로 근무하다 사라진 여재가 평생을 산속에서 집을 짓고 물고기를 잡으며 살아왔다고 여자는 말했다. 울타리 하나 고쳐본 적이 없는 여재였기에 여재댁은 상상조차 되지 않았다.

양이가 서 있는 뒤로 금뎡사 주지 스님이 들어왔다. 여재댁은 스님에게 여자를 소개했다. 스님은 여자에게 합장을 하며 나무아미타불을 불렀다. 곧 스님은 영정 앞에 서서 목탁을 두드리며 반야심경을 독경했다.

"수리수리마하수리 수수리 사바하 수리수리마하수리 수수리

사바하. 아제아제바라아제 바라승아제 수수리사바하."

스님의 목 깊숙이 흘러나오는 독경소리는 어느 노래보다도 청아했다. 스님의 목소리는 목구멍에서 나오는 피리 소리 같기도 하고 통소 소리 같기도 했다. 독경이 끝나자 스님은 함께 독경을 따라 하는 여재댁 앞으로 왔다.

"보살님! 어차피 생명이 있는 것은 다 죽습니다. 생겨난 것은 없어지고 태어나면 반드시 죽습니다."

"나무아미타불 나무관셈보살!"

여재댁이 합장을 하며 관세음보살을 불렀다.

"사람이 이 세상에 태어나는 것은 하늘에 떠서 흘러가는 구름과 같습니다. 구름이란 본래가 아무것도 없는 곳에서 물방울이 모여서 만들어지는 것입니다. 한 인간이 태어나는 것은 인연이란 물방울들이 만들어낸 구름 같습니다. 죽음이란 한 조각 구름이 없어지는 것과 같습니다. 비가 한바탕 쏟아져 내리면 언제 그랬냐는 듯이 구름은 사라지고 맑게 갠 푸른 하늘이 나타나지요. 그렇듯이 구름은 그 자체가 없는 것입니다. 인간의 생과 사도 깨달은 눈으로 보면 구름과 같습니다. 인연에 의해 모였다가 인연에 의해 흩어져 가는 구름 말입니다. 사람이 이 세상에 태어남은 인연에 의해 인연의 덩어리가 모이는 것입니다. 모인 것은 필연적으로 없어지게 되어있습니다. 구름처럼 말입니다. 그러니 죽음 또한 필연적인 것이지요. 죽음은 없어지는 것이 아니고 생명의 연장선상에 있는 것입니다. 영혼의 존재는 지속적으로 다른 과정을 거치게 됩니다. 그 과정을 거쳐 또다시 태어납니다. 부처님께서는 자신의 과거를 알고 싶으면 현재의 삶을 보라, 미래를 알고 싶으면 현재를 보라고 말씀하셨습니다. 전생과 금생과 내생은 이렇게 긴밀히 이어져 있습니다.”

스님은 낮은 목소리로 천수경을 독경했다. 영안실에는 천수경이 청아하게 울려 퍼졌다.

수리수리 마하수리 수수리 사바하 수리수리 마하수리 수수리 사바하 수리수리 마하수리 수수리 사바하 오방내외안위제신진언 나무사만다 못다남 도로도로지미사바하…

윤희의 귀향

“저 누군지 아세요?”

윤희가 어머니에게 물었다.

“응.”

“누구에요?”

대답 대신 어머니 눈가에는 연등 꽃잎 같은 주름이 번진다. 한때는 목숨만큼 소중했던 사람인데 누구더라? 쑥스러운지 어머니의 얼굴에 웃음꽃이 번진다.

“오줌 눌래요?”

"넣어.

"언제요?"

"지금."

윤희는 어머니의 기저귀를 들춘다. 꿀벌이 달콤한 꿀을 물고 들락거리고 영근 씨를 떨구어 내던 어머니의 꽃방은 기저귀 속에 있다가 무방비로 드러난다. 창피한지 어머니 얼굴에는 웃음꽃이 핀다.

"밥 안 주냐?"

어머니가 묻는다.

"먹었잖아요."

"언제?"

"지금요."

서리 맞은 호박 넝쿨처럼 사그러든 욕망의 밭에 마지막까지 더 강렬하게 살아남은 것은 식탐. 윤희가 삶은 감자 한 알을 주자 만 족스러운지 어머니 얼굴에는 또 웃음꽃을 피운다.

윤희가 아침에 제일 먼저 하는 일은 치매에 걸린 어머니에게 밥을 먹여드리고 기저귀를 채워 요양원에서 오는 차에 태워드리는 일이었다. 어머니를 태운 차가 보이지 않자 윤희는 동네 한 바퀴를 돌기 위해 천천히 걸었다. 모자를 뒤집어쓰고 옷을 두둑이 입었지만 초겨울에 몰려온 첫추위는 살 속을 파고들었다. 불과 얼마 전까지 어떤 나무는 물들고 어떤 나무는 아직 파란 잎을 매단

채 그대로 있었다. 지금 보니 나무들이 일제히 잎을 떨구고 나목이 되었다. 이렇게 또 해가 바뀌어 가고 있다.

문양이 아버지는 분천으로 돌아온 지 한 달 보름 만에 돌아가셨다. 천륜은 어찌할 수 없는지 안 오겠다고 버티던 문식이도 결국은 와서 아버지 가는 길을 배웅했다. 두 아들이 아버지의 영정 앞에서 서럽게 울었다. 윤희도 문상을 가서 울었다. 문양이의 이야기를 쓰고 싶어 시작한 소설인데 끊임없이 아버지를 실망시키며 소득도 없이 보낸 십여 년 세월이 생각나 울었다. 장례식장에서 우는 것은 가신 분이 아쉬워서라기보다 자기 설음에 우는 것 같았다. 가장 서럽게 우는 사람은 문양이 어머니였다. 울다가 까무러친 것을 양이 어머니가 지켰다. 울음바다가 된 장례식장에서 양이는 소리 없이 손수건으로 눈물만 찍었다.

그리고 3년 후 아버지가 추운 겨울날 주무시다가 심정지로 가셨다. 가시기 전에 마치 가실 것을 아신 것처럼 윤희에게 전화를 하셨다.

"윤희야! 문양이는 8살 때 죽었지만 넌 이렇게 건강하게 살아 있지 않니? 그것만으로도 넌 내게 큰 효도한 거야. 넌 첫 딸이어서 우리에게 얼마나 많은 기쁨을 주었는지 몰라. 윤진이에게 비할 바가 아니지. 이젠 그만 분천으로 돌아와라. 일산은 너무 멀어. 나도 느이 엄마도 이젠 널 곁에 두고 함께 살고 싶구나. 내가 너한테 준 땅에다가 아버지가 2층집 지어줄게. 1층은 월세 주고 2층에 살면서 넌 네가 좋아하는 글이나 쓰면서 살아. 결혼도 살다가 좋은 사람이 나타나면 하고 안 나타나면 또 어떠냐. 그냥 살지. 세상이 바뀌어 꼭 결혼을 해야 하는 건 아니잖니? 윤진이의 빵집인지 커피집인지는 잘 되는가 보더라. 글 쓰다 심심하면 윤진이네 커피집에 나가 일 좀 도와줘. 그럼 뭘 좀 주겠지. 네가 보고 싶다. 네가 유명한 사람이 되었음 했어. 생각해 보니 그건 욕심이었어. 그게 중요한 게 아니더라. 하고 싶은 거 하면서 살면 되는 것 같아. 돈도 그래. 많으면 좋기는 하겠지만 그냥 먹고살 것만 있으면 돼. 있다고 하루 네 끼 다섯 끼 먹는 것도 아니고 저세상에 갈 때 꾸려 가는 것도 아니니 그저 먹고 살 만큼만 있으면 될 것 같아. 아버지는 몸 버려가면서 돈에 너무 욕심을 냈어. 지금 생각해 보니 그런 것이 아무것도 아닌데 말이야. 아버지는 이제야 그걸 알았어."

비록 많이 배우지는 않았지만 누구보다 깊숙한 삶에 대한 혜안을 가진 아버지를 멀리하고 살았다고 생각하니 눈물이 났다. 처음 다정한 아버지의 전화를 받은 윤희는 전화기를 움켜쥐고 울었다. 아무리 열심히 해도 아버지 기대에 못 미치는 자신의 무능을 원망했는데 아버지는 면죄부를 주듯이 자분자분 괜찮다고 말씀하셨다. 이젠 아버지도 늙었구나, 윤희는 전화를 끊고 출판사를 그만두고 하루라도 빨리 귀향할 것을 결심했다. 하지만 아버지는 윤희를 기다려주지 않았다. 전화를 하신 지 이틀 후에 심정지로 가셨다.

아버지는 평생 돈을 벌어 신줏단지 모시듯 모아놓고 한 푼도 쓰지 않고 가셨다. 사람들은 아버지에게 자식 좋은 일 그만 시키고 쓸 건 쓰고 살라며 충고를 했다. 그때마다 아버지는 재물을 쌓는 일이 쓰는 일보다 더 즐겁고 쉬운 일이라고 말했다. 추운 겨울날 따뜻하게 난방을 하고 사는 것이 오히려 불편하다고 했다. 결국 아버지는 곳간에 재물만 가득 쌓아놓고 난방비조차 아끼다가 가셨다.

윤희는 아버지가 돌아가신 후에야 분천으로 귀향했다. 그리고 1년 후 문양이 어머니가 고구마 박스를 들다가 주저앉아 고관절이 부러졌다. 수술을 했지만 회복이 되지 않아 요양병원에 누워있다가 욕창이 심해져 패혈증으로 가셨다. 그리고 지금 어머니는 나사가 풀린 것처럼 웃기만 하는 고운 치매를 앓고 있다.

아버지가 가셨을 때 황망하고 죄스러움에 윤희는 어쩔 줄 몰라 했었다. 그러나 시간이 지난 후에 생각해 보니 남은 사람들에게는 안타까움이었지만 아버지는 가시는 복은 타고난 것 같았다. 문양이 어머니가 요양병원 누워 욕창에 시달리며 고생하시다가 가신 것에 비하면, 또 어머니가 똥오줌도 가리지 못하고, 당신 딸도 알아보지 못하며 살아가는 것에 비하면 아버지의 깨끗한 죽음은 오히려 큰 복일지 몰랐다. 이렇게 한 세대가 가고 새로운 세대가 오고 있다.

에필로그

윤희가 처음 글을 쓸 때는 5년 정도만 열심히 쓰면 작가가 될 수 있을 것이라고 생각했다. 오 년이 지나고 십 년이 되던 해에 겨우 지방 신춘문예로 등단하였다. 등단의 기쁨은 시상식을 하고 바로 끝났다. 청탁도 없는 지루한 글쓰기가 시작되었다. 글 쓰는 사람들과 동인을 만들어 스터디를 했다. 글은 컴퓨터 안에 과부하가 날 정도로 쌓여 갔지만 발표할 지면이 없었다. 발표하지 않은 작품을 모아 소설집을 출간했다. 여고 친구들에게 나누어 주고 대학 동창들한테도 돌렸다. 이런 작가가 글을 쓰고 있으니 읽어봐 달라고 지인들한테 사정하듯이 그냥 주었다. 무명작가의 책은 일반 독자가 읽을 기회가 없으니 작가를 아는 사람들만 읽는다. 주위의 반응이 좋았다. 그러나 그뿐이었다.

2년 후 또 책을 묶었다. 이런 사람이 지금까지 포기하지 않고 글을 쓰고 있다고 아는 사람들한테 또 돌렸다. 반응이 괜찮았다. 그러나 그것 역시 그뿐이었다. 청탁 하나 들어오는 곳이 없었다. 연회비를 내고 회원제로 운영하는 문예지에다 몇 년에 한 번 발표할 뿐 글은 컴퓨터 안에 쌓여 갔다. 이젠 컴퓨터 안에 쌓인 글을 어디 넣어 둘 곳이 없었다. 윤희는 비공개 블로그를 만들어 그 안에 글들을 저장해 놓았다.

소설을 출판해 여기저기 돌리는 그런 바보 같은 행위는 더 이상 하지 말자고 글 쓰는 동인들과 다짐을 했다. 그 굳은 다짐을 어기고 윤희는 또 세 번째 책을 냈다. 글 쓰는 것도 책으로 묶어내는 것도 일종의 마약 같았다. 아무리 쓰지 않겠다고 다짐을 해도 쓰는 행위를 멈출 수가 없었다. 세 번째 책 역시 반응이 괜찮았지만 역시 그뿐이었다.

하지만 아무리 무가치한 행위일지라도 민수와 헤어지고 나서 만난 소설은 윤희의 삶을 지탱해 주는 힘이 되었다. 그리고 이젠 삶의 전부가 되었다. 문양이 어머니가 자식도 몰라라하고 일 속에 묻혀 산 것처럼, 문양이 아버지가 속세와 단절하고 산속에 들어가 지나가는 사람을 재워주며 산 것처럼, 윤희는 오로지 소설과 씨름을 하며 살았다.

윤희는 새벽이건 아침이건 밤이건 글을 쓰다가 막히면 동네를 한 바퀴 돌았다. 지금 분천은 허리가 잘록하게 들어간 매혹적인

도자기 모양이 아니고 골짜기마다 개발이 되어 하늘도 땅도 그저 둥근 모양이다. 그래서인지 언제부터인가 동이 모양의 분(盆)천이 물이 나뉘어 빙 도는 모양의 분(汾)천으로 쓰였다.

이 마을은 어디서나 동쪽 산에서 동이 트는 모습부터 서쪽 산으로 해가 지는 모습까지 막힘없이 한 자리에서 볼 수 있다. 윤희는 지난여름 새벽 산책하다가 신비로운 광경을 목격했다. 동쪽 하늘에서 이른 해가 막 떠오르는데 서쪽 하늘에 아직 빛을 잃지 않은 붉은 달이 떠 있었다. 한 하늘 아래 두 개의 발광체가 떠서 빛나는 모습이 신비로웠다. 해가 점점 높이 떠오르자 달은 차츰 빛을 잃어 하얀 낮달이 되었다.

분천으로 귀향한 후에야 윤희는 비로소 문양이 이야기를 쓸 수 있었다. 문양이는 세상에 나와 8년을 살다 갔다. 아무것도 한 것이 없이 속절없이 간 것 같지만 윤희에게 소설을 쓰게 해 주었다. 윤희는 이 이야기를 쓰려고 민수와 헤어지고, 소설을 만나고, 소설책을 세 권씩이나 냈고, 분천으로 귀향했다.

지금 윤희는 소설 〈분천〉을 완성해 세상에 내보낸다.

어린 농부

섬 강화

비질해 놓은 자국처럼 엷게 퍼져 있는 구름 너머로 저녁 햇살이 어지럽게 흩어졌다. 하늘도 바다도 드문드문 바다 위에 떠 있는 섬들도 한꺼번에 불 질러 놓은 듯 타올랐다. 바닷새들은 석양 속을 무슨 일이 일어난 듯 끼룩대며 날고, 아침에 출항했던 배들이 소리 없이 뭍을 향해 들어오고 있었다.

갯벌을 치맛자락처럼 두르고 있는 섬 강화는 붉은 기운 속에 놓여 있었다. 한강과 임진강이 서해로 흘러들다 강으로서의 일생을 마치는 곳에 우뚝 서 있는 땅이다. 육지와 섬 사이로 강폭만 한 바다가 흘러 섬이라 이름하기 전에는 육지와 한 덩어리였음을 알 수 있다. 일단 섬에 들어서면 넓은 평야가 펼쳐지고, 산세 또한 험하고 아름다워 도무지 섬이라는 생각이 들지 않았다.

화도는 육지에서 건너다보이는 땅 맞은편에 자리하고 있다. 가운데는 마니산에서 뻗은 산줄기가 제법 험하지만 가장자리로는 손바닥만 한 땅이 펼쳐져 있어 많지는 않지만 인가를 이루고 살았다. 물이 들어왔을 때는 좁은 땅덩어리 같던 이곳이지만 물이 나가면 눈앞에 광활한 갯벌이 펼쳐져 있어 어디가 육지고 섬인지 구분이 가지 않았다. 그 광활한 갯벌은 사람들에게 땅보다 많은 먹거리를 제공했다. 남정네들은 바다에 나가 고기를 잡고, 아이들과 아낙들은 갯벌에서 조개를 캐고 늙은이들은 텃밭을 가꾸며 대대로 살아오던 마을이다.

바다가 열꽃 앓는 사람처럼 벌겋게 달아오른 이 시각, 아직도 갯벌에서 조개를 캐는 일가족이 눈에 들어왔다. 여남은 계집아이들이 이리 뛰고 저리 뛰며 황혼 속을 누비고, 예닐곱 살쯤 되어 보이는 한 사내아이는 그런 누이들 곁을 떠나지 않고 천방지축 대며 뛰어다닌다. 누이들은 우두커니 서서 석양을 바라보고 있는 화도댁을 근심스러운 얼굴로 살폈다.

화도댁은 그런 아이들의 눈길을 개의치 않고 서서 육지를 향해 돌아오는 배들을 보고 있었다. 새들도 제 보금자리를 찾아 부산스럽게 움직이는 것을 보며 화도댁은 긴 한숨을 쉬었다.

그때다.

"엄니!"

놀라움과 기쁨이 범벅이 된 사내아이의 목소리가 들렸다.

아이는 한 손을 위로 치켜들고 뛰어왔다. 급히 뛰어오느라 개흙에 미끄러졌지만 일어나 다시 달려왔다. 개흙이 범벅이 되어 달려온 아이는 하얀 이빨을 드러내고 웃으며 자랑스럽게 손에 든 조개를 화도댁에게 내밀었다. 무슨 일인가 하여 누이들이 달려왔다.

"햐! 크다."

"이만큼 큰 조개 첨 봐."

"우리 아기 장해."

누이들이 대견해하며 제각기 한마디씩 했다.

화도댁은 환하게 웃으며 개흙으로 범벅이 된 아이를 품에 꼭 안으며 말했다.

"그래. 장하다. 넌 이렇게 뭐든지 할 수 있는 겨. 알았지?"

"햐!"

경만은 어머니의 웃는 얼굴을 오랜만에 본다고 생각하며 의기양양하게 대답했다. 화도댁은 아이의 등을 어루만지며 수평선을 보았다. 잘 익은 홍시 빛깔의 해가 천천히 바닷속으로 잠겼다. 아이들은 해가 진 바다 위에 붉게 일렁이는 물결을 경건한 마음으로 보았다. 늘 보는 일몰이지만 그 순간 웃고 떠들지 않았다.

노을이 사위고 있었다. 화도댁은 아이들과 함께 잿빛으로 물들어 가는 하늘을 등지고 집을 향했다. 오늘도 남편은 돌아오지 않았다. 마니산 기슭으로부터 내린 어둠이 화도댁 마음속에 근심처럼 밀려왔다.

경만은 누이 등에서 등으로 옮겨 다니며 해맑게 웃었다. 경만은 누이 넷을 본 뒤 낳은 오대 독자다. 땅 밟을 겨를도 없이 할머니 등에서 누이 등으로 업혀 다니며 자랐다. 지금 경만은 누이 등에서 장난치고 있었다.

"큰언니 등에 업힐 껴."

둘째 누이 등에 업혔던 아이가 발버둥 치며 큰언니를 불렀다. 큰언니가 아이 앞에 등을 넙죽댔다. 아이는 큰언니 등으로 옮겨갔다. 언제나 하는 놀이지만 재미있다. 경만은 까르르 웃었다. 그런 경만을 보면 누이들도 마냥 즐겁다.

"이제 우리 경만이도 일곱 살인데 계집아이처럼 언니가 뭐여. 사내대장부는 누님 그래야 하는 겨."

"싫어 나도 언니 할 텨."

경만이 늘 할머니에게 듣는 소리를 화도댁에게 또 듣자 투정을 부리며 말했다. 화도댁은 그런 경만을 밉지 않게 웃으며 보았다. 경만은 셋째 등으로 또 옮겨갔다.

"엄니 등에 업힐 껴?"

화도댁이 경만에게 등을 보이며 말했다. 경만은 손으로 화도댁의 등을 밀어냈다.

"싫어 엄니 등은…"

"왜 엄니 등은 싫은 겨?"

"엄니는 아프잖여."

"엄니 아프지 않은데…"

"금 왜 맨날 맨날 울고 있는 겨?"

아이의 말에 흥겨웠던 분위기가 가라앉았다. 일가족은 묵묵히 길을 걸었다. 겨우 걷던 아이가 조개 주울 나이가 되었는데도 남편은 돌아오지 않았다. 안고 있던 아이를 덥석 내려놓고는 성큼성큼 배로 오르던 남편의 등 뒤로 부챗살처럼 퍼져 내리던 노란 봄볕이 화도댁 눈에 지금도 어른거렸다. 만선의 꿈을 가지고 떠난 지가 벌써 삼 년이다. 그때처럼 농익은 봄볕 속에 개나리가 피었다.

만월이다. 마니산 기슭에 달이 떠오르자 아이들은 안팎으로 들락거리며 숨바꼭질을 했다. 기둥에 두 눈을 가린 채 등지고 서서 누이들이 숨기를 기다렸던 경만이 누이들을 찾아 나섰다. 절구통 옆에 웅크리고 있던 누이가 빼꼼히 고개를 내밀고 경만을 살폈다. 나무 짐을 쌓아둔 부엌에서, 장다리 꽃밭 속에서 누이들이 고개를 내밀었다.

무 장다리꽃이 달빛에 푸르게 빛났다. 경만은 그 꽃을 헤집고 들어가 누이를 찾아냈다. 들킨 누이도 찾아낸 경만도 함께 까르르 웃었다. 아이 키만큼 자란 장다리꽃이 움직일 때마다 출렁거리며 경만의 얼굴을 간지럽혔다. 아이는 다시 자지러지게 웃었다. 경만이 장다리꽃밭에서 본 세상은 신비롭고 아름답고 더할 나위 없이 즐겁다. 경만의 웃음소리는 끊이질 않았다.

방에서는 화도댁이 시어머니 앞에서 아이들의 웃음소리를 들으며 울고 있었다.

"엄니! 싫어유. 전 갈 수가 없시다."

"떠나야 혀! 떠나야 허는 겨."

"애비는 돌아온다 했시다. 꼭 돌아온다고 약속했시다."

"삼 년이여! 삼 년. 살았으면 진즉에 왔어."

"기다릴 껴. 애비가 돌아올 때까지 기다릴 껴."

"부질없어. 난 그렇게 한 평생을 기다린 겨."

"부질없어도 좋시다. 기다리겠시다."

창호지 밖에서 자지러지는 경만의 높은 웃음소리가 다시 들렸다.

"저 아이를 위한 거여."

화도댁은 창호지 문을 바라보았다. 밖에는 경만이 여전히 티없이 맑은 웃음을 날렸다.

"느이 시아버지가 돌아오지 않았을 때 내 여길 떴다면 지금 니 냄편두 살아 있을 껴. 난 못 했어두 넌 해야 하는 겨. 저 아인 오대 독자여. 저 아이마저 바다에 나가게 할 수 없지 않는 겨 ."

화도댁은 가슴 밑바닥에서 삐져나오는 목소리에서 노인의 절절한 마음을 읽었다. 화도댁도 화도댁이려니와 저 노인은 오대 독자인 손주를 떠나보내고 어찌 살려고 화도댁 등을 떠밀어 육지로 내보내려고 하는가. 화도댁은 노인의 얼굴에서 비장한 결심을 보았다. 화도댁은 마음이 찹찹해서 물었다.

"가면 어디로 가는 겨?"

"벌판으로 가거라. 사방이 바다가 아닌 들판으로 둘러싸인 곳, 김포 벌로 가는 겨!"

"허면 언제…"

"며칠 후 니 냄편 대상 치르고 가는 겨!"

화도댁은 자리에 누웠지만 잠을 이루지 못했다. 곁에 누워 잠이든 경만은 꿈속에서조차 즐거운지 삐죽삐죽 웃었다. 화도댁은 일어나 앉아 경만의 얼굴을 어루만졌다. 이 아이를 위해서는 뭐든지 할 수 있지 않는가. 화도댁은 노인의 말을 다시 한번 곱씹어 보았다.

"아들 많은 집에 자식을 주면 그 자식도 번성한다는 말이 있어. 그래 예전부터 아들 많은 집에 양자를 주는 풍습이 있느니라. 이 자린 전실 자식이 많은 것이 흠이지만 저 아이 대에서는 번성하라는 뜻에서 보내는 것이니 그리 알아라.

네가 가게 될 김포 벌 유 씨는 안사람이 몸이 약해 오랫동안 병치레를 한 끝에 상처한 사람이니라. 겨우 제 땅 부쳐 먹고 살 만한 사람이지만 성품이 어질고 선량하다 들었다. 그러니 너허구 저 아이허구 두 사람 입에 풀칠은 할 수 있을 것이다. 그리 알고 맘 다부지게 먹고 가도록 해라."

화도댁은 답답한 마음에 밖으로 나왔다. 달빛이 부드럽게 쏟아져 내렸다. 건넛방 문틈이 잠시 벌어졌다 닫혔다. 잠이 오지 않기는 노인도 마찬가지리라. 화도댁은 개의치 않고 오솔길을 걸어 바다로 향했다. 사월의 바람이 치마폭을 감싸며 불었다. 바닷물이 언덕 위까지 올라와 용을 쓰며 일렁거렸다.

만월이 바다 한가운데서 금빛으로 빛났다. 화도댁은 왈칵 서러워졌다. 남편이 없어도 여전히 해와 달이 뜨고 지는 것이 공연히 서러웠다.

화도댁은 언덕에 앉았다. 이 달밤. 이 자리. 여름이면 주먹만한 달맞이꽃이 피어있던 곳. 남편과 함께했던 그 자리에는 어린 풀들이 돋아나 있었다.

남편은 평상시에 보면 무뚝뚝하니 말이 없다가 화도댁과 둘이 되면 어린아이처럼 응석을 부렸다. 남편도 누이들 틈에서 자란 사대 독자였다. 둘이 있으면 계집애들처럼 섬세하고 다감하다가도 남들 앞에서는 점잖고 뚝뚝한 남정네로 변하는 것이다.

다들 잠든 밤, 특히 오늘처럼 달이 밝은 밤이면 남편은 화도댁의 손을 이끌고 달맞이꽃이 등잔처럼 은은히 밝히고 선 이 자리에 왔다. 이곳에 오면 남편은 옷을 벗어 자리에 깔았다. 그리고 무슨 의식이나 되는 것처럼 화도댁의 옷을 조심스럽게 벗겼다. 그가 움직일 때마다 투명한 달빛이 이리저리 뭉쳐 다녔다.

그리고는 갯벌에 물이 차오르듯 그렇게 서서히 온몸을 환희와 기쁨으로 채워주는 것이었다. 한 치의 공간도 허락하지 않을 듯

꽉 차고 숨 막히게 밀고 들어와서는 남편은 노을처럼 타올랐다. 그렇다고 단번에 타오르지는 않았다. 타오를 듯하면 적절히 절제하여 화도댁을 위로 올리는 것이다.

얼마쯤 지났을까. 화도댁에게 알 수 없는 종류의 감정들이 한꺼번에 몰려들어 발버둥을 쳤다. 남편에 대한 그리움과는 다른 욕망의 덩어리였다. 화도댁은 풀밭을 뒹굴었다. 남편이 곁에 있는 것처럼 웅얼거리면서… 얼마쯤 뒹굴었을까. 만월이 빤히 내려다보고 있었다.

마을은 호호백발 할머니와 계집애들뿐이었다. 사방치기를 하며 노는 계집아이들 틈에 경만도 끼어 놀았다. 툇마루에 앉아 볕을 쏘이고 있는 표정 없는 노인들의 얼굴에는 이미 슬픔 따위에는 무디어졌다.

"저승사자도 무심하지. 어쩌 이 늙은이들은 놔두고 시퍼렇게 젊은 남정네들만 데려가누."

한 노인의 푸념에 다른 노인들 역시 오랫동안 잊고 있던 슬픔이 피어올랐다.

"죄가 많어 그려."

"허긴…"

깊숙이 패인 주름이 얼굴 전체를 덮고 있는 노인이 말꼬리를 흐렸다.

"어째 이런 일이 또 일어난겨. 한 번도 아니고 두 번도 아니고…"

"땅의 정기도 쇠할 대로 쇠한 겨."

"뭔가 잘못되어도 한참 잘못된 겨."

"귀신들도 제집 제대로 찾을 수 있을지 몰라."

"이번 대상 끝나면 또 여럿이 여길 뜨겠구먼"

노인들이 한숨을 쉬며 제각기 말했다. 바람 소리를 타고 파도 소리를 타고 어디선가 구슬픈 뱃노래가 들려오는 듯했다.

봄이 되면 산천은 꽃으로 피어나고
내 님은 사시사철 슬픔으로 피어나네.
어기야 어기여차 슬픔으로 피어나네.

외로운 이들은 외로움을 모르고
더 외로운 이들은 슬픔을 모른다네.
어기야 어기여차 슬픔을 모른다네.

삼백예순 날 님을 향해 달려가도
무심한 내 님은 돌아올 줄 모르네.
어기야 어기여차 돌아올 줄 모르네

밀물 따라 떠나간 님 기다리길 한평생
이내 몸 죽어지면 그 누가 기다릴꼬.
어기야 어기여차 그 누가 기다릴꼬.

개나리 울이 노랗게 물든 동네 집집마다 돼지기름 냄새가 진동을 했다. 며칠 전 이날을 위해 동네에서 돼지를 잡아 집집이 나누었다. 철없는 아이들은 제삿밥 먹을 생각에 저마다 울 밖으로 나와 야단스럽게 뛰어놀고 세상 물정 알 만한 처녀들은 안팎으로 들락거리며 어른들의 일손을 도왔다.

화도댁은 화덕에 가마솥 뚜껑을 엎어놓고 돼지비계를 지져 기름을 내는 중이었다. 까맣게 기름을 먹은 솥뚜껑으로 돼지기름이 고소한 냄새를 풍기며 흘러 괴었다. 살짝 연기가 피어오를 만큼 달구어지면 갈아놓은 녹두 반죽을 한 국자 떠 붓고는 얇게 폈다. 자글거리는 소리와 함께 빈대떡이 가장자리로부터 노랗게 익어 가면 그 위에 다진 고기와 고사리 고명과 숙주를 얹고 붉은 실고추로 모양을 냈다.

명절날 부침개를 부칠 때면 남편은 아이처럼 즐거워하며 화덕 곁을 떠날 줄 몰랐다. 금방 지져낸 부침개는 채반 위에 옮겨져서도 지글지글 기름이 끓었다. 뜨거운 것을 못 먹는 남편이지만 부침개만큼은 그렇지 않았다. 입으로 후후 불어가며 맛있게 잘도 먹었다. 그렇게 네댓 장을 먹어야만 부침질하는 곁을 떠났던 그였다.

채반 위에서 김이 모락모락 나는 부침개에 눈길이 가자 화도댁은 눈물을 왈칵 쏟았다. 뜨거운 부침개를 입안에다 구겨 넣는 남편이 눈앞에 있는 듯했다. 화도댁은 더 이상 견디지 못하고 뒤꼍으로 달려갔다. 큰딸이 와 화도댁의 자리를 차지하고 부침질을 했다.

화도댁은 장독대 뒤에서 통곡하기 시작했다. 남편이 떠난 것처럼 시아버지도 그 시아버지의 아버지도 그렇게 바다에 나가 돌아오지 않았다. 생각이 어린 경만에 미치자 더욱 서러움이 북받쳐 올랐다.

뒤란에서 가느다란 통곡 소리가 삐쳐 나오자 툇마루에 앉아 있던 이웃 노인들이 하나둘 일어나 자리를 떴다. 잠시 후 노인 혼자만이 덩그러니 툇마루에 앉아 있었다. 텃밭에 검푸르게 올라오는 시금치밭에 눈길이 가자 노인은 오열했다. 꺼이꺼이 소리만 날 뿐 눈물조차 메말라 나오지 않았다.

아들이 떠나는 날 날씨가 유난히 화창했다. 며느리는 개나리꽃 그늘 밑에 멍석을 깔고 시금치를 도려내 씻어 왔다. 아들은 시금치를 한 움큼 집어 들고 그 위에 고추장을 묻혔다. 그리고 밥을 얹고 그대로 입안에 틀어넣었다. 아들은 양 볼이 미어터질 듯이 우물우물 씹으며 말했다.

"엄니! 걱정마시 겨. 꼭 만선하고 오겠시다."

"사월은 날씨 변덕이 심해. 그러니 조심 또 조심해야 혀."

"알았시다. 근데 어무니 간밤에 꿈을 꿨는데 글쎄 우리 경만이가 고대광실에 사는 게 아니겠시껴. 꿈이라도 을매나 좋던지…"

"아부지 고대광실이 뭐껴?"

네 살짜리 호기심 많은 경만이 앉아 있다가 물었다.

"저 읍내 나가면 아흔아홉 칸짜리 집 있지. 그것처럼 크고 좋은 집이야. 기와지붕에 대청마루에… 넌 그렇게 살 껴."

"어떻게 허면 그렇게 사니껴?"

"고기 많이 잡으면 그렇게 살 수 있어."

"금 나도 이담에 크면 고기 많이 잡아 오겠시다."

경만이 두 팔을 마음껏 벌려 많다는 흉내를 냈다.

"그려. 너는 오대 독자여. 니 대에서는 자손이 번성하는 모습을 보아야 할 텐데."

그리고 떠난 뱃길이었다. 그리고 꼭 삼 년째 되는 날이다. 노인은 초년에는 아버지를 그렇게 떠나보내고 중년에는 남편을 그리고 이만큼 늙은 지금은 아들을 보냈다. 남편이 떠나 돌아오지 않았을 때보다 아들이 돌아오지 않는 지금이 더욱 가슴에 사무쳤다. 아들의 시금치쌈 먹는 모습이 눈앞에 어른거렸다. 담장 너머에서 아이들과 찧고 까불며 노는 경만의 소리가 들려왔다. 노인의 눈에서 눈물이 주르르 떨어졌다.

사월의 밤바람은 거세다. 잔잔하던 날씨가 오후에 들어서자 바람이 일기 시작했다. 바다로부터 불어오는 바람이 황토먼지를 일으키며 솔밭으로 몰려와 잉잉거리며 울었다. 파도가 거칠게 언덕

으로 기어오르며 부서졌다. 파도 소리와 바람 소리, 그리고 집집
마다 담 안에서 들려오는 통곡 소리가 바닷가 마을을 뒤덮었다.

삼베옷을 차려입은 어린 상주 경만은 제사상 앞에서 재배를 올
리고는 공손히 무릎을 꿇고 앉아 잔에 술을 받았다. 술잔을 향 위
에 두 번 돌리고 제자리에 놓았다. 그리고 일어나 절을 했다.

하나

둘

엄숙하게 재배를 하는 경만의 모습이 너무나 애처로워 지켜보
던 이들이 다시 한번 통곡했다.

3년 대상이 끝났다.

진달래 개나리가 한바탕 다투어 피고 지면 마을은 다시 살구꽃
으로 뒤덮였다. 고목이 된 나무에서 살구꽃이 나비 떼처럼 하늘거
리며 내려와 앉았다. 마을 어귀에 무리지어 핀 살구꽃 꽃길로 방
물장수 샘재댁이 잰걸음으로 들어섰다. 커다란 보따리를 머리에
이고 빠른 걸음으로 가볍게 걸었다. 도랑을 건널 때조차 손으로
보따리를 잡은 체하지 않았다. 샘재댁은 팔을 알맞게 휘젓고 목을
이리저리 움직여 보따리의 균형을 잡았다.

샘재댁은 대명 나루터에서 이곳까지 수시로 들락거리며 참빗
이며 바늘과 실과 같은 자잘한 생활용품들을 팔고 조개나 말린 생
선과 바꾸어 갔다. 그뿐 아니라 구석구석을 다니며 벌판 소식을

이곳에 전했다. 그녀의 역할 중 빼놓을 수없는 것은 혼기에 찬 남녀를 맺어주는 중신어미 역할이었다. 중신 잘하기로 소문이 난 그녀가 중신어미 노릇을 하는 데는 어떠한 기술이나 원칙이 있는 것이 아니었다. 얼마나 목이 마른가를 헤아려 적당한 때에 시원한 우물물 한 잔을 건네듯이 인연의 다리를 놔주는 것이다. 꼭 천생배필이 아니더라도 때만 맞으면 혼사가 이루어지는 경우가 많았다. 이것이 모자라면 저것이 남고 저것이 모자라면 이것이 남는 이러한 것들이 사람이 사는 모습이라고 샘재댁 나름의 생각이었다.

자연히 샘재댁에게 많은 사람들로부터 중신해 달라는 부탁이 들어왔다. 화도댁의 남편 대상이 끝나는 대로 지난해 상처한 유 씨와 인연을 맺어 주기로 이미 노인과 약속이 되어 있었다. 건강하고 튼실한 여자를 구해 달라는 유 씨의 부탁과 자손이 번성한 집안을 찾는 노인의 뜻이 부합되어 어느 중신보다 쉽게 결정되었다. 유 씨는 하루속히 와 달라고 재촉했지만 모든 대소사가 서둔다고 이루어지는 것이 아니어서 샘재댁은 뜸을 들이고 있었다. 무엇보다 대상이 끝나기를 기다려야 했다.

샘재댁은 텃밭에 시금치가 실하게 자라고 있는 집 앞에 와서 섰다. 밭에서 상추를 솎아내고 있던 화도댁이 그녀를 보고는 아는 체도 하지 않고 안으로 들어갔다. 샘재댁은 별로 섭섭하다 하지 않고 그 뒤를 쫓았다.

사실 한 지아비를 섬기지 못하고 재가한다는 것은 여인에게 가장 큰 수치였다. 재가는 얼마 전까지 나라에서 법으로 금할 만큼 죄악시해 왔다. 그래도 아래 계층에서는 공공연하게 홀아비와 과부가 짝을 맞추어 살았지만 사대부 집안에서는 어림도 없는 일이었다. 오래전에 귀양살이와서 이 바닷가에 정착하고 살아온 양반 가문의 시댁이라 화도댁은 재가를 생각조차 하지 않았다.

화도댁은 마루 끝에 삐죽이 앉아 샘재댁이 밥 먹는 모습을 보았다. 샘재댁을 보자 노인이 반색하며 뜯어다 놓은 쌈을 해서 부리나케 차려 내 온 밥상이다. 샘재댁은 상추 이파리를 손으로 뜯어 넣더니 그 위에 고추장을 한 술 떠 넣고 쓱쓱 비비기 시작했다. 눈길이 손가락 중간 크기의 방게에 머물자 이번에는 간장에 절인 방게를 뜯어 넣고 함께 비볐다. 샘재댁은 그 짜고 매운 비빔밥을 한입 가득 입에 넣었다. 아싹하고 방게 씹히는 소리가 났다.

순식간에 밥 한 그릇을 다 먹어 치운 샘재댁은 벌겋게 물든 입가를 소매로 쓱쓱 문질렀다. 화도댁은 그러한 샘재댁을 민망한 눈으로 보았다. 밖에서 놀던 아이들이 우르르 몰려 들어왔다. 노인은 아이들에게 바구니 하나씩을 주며 조개 잡아오라고 내보냈다. 누이들을 뒤쫓아 나가는 경만을 잡고 노인이 말했다.

"이 아이만 데리고 갈 것이네."

"아휴! 인물 하난 잘났네요. 그 집은 아들이 다섯이라…"

"천덕꾸러기가 되겠구먼요."

화도댁은 샘재댁이 더 이상 말하지 못하게 말을 끊었다.

"그야 저 하기 나름이죠. 아들은 아들 많은 곳에서 자라야 하는 법이니…"

"그런 법도 있었시껴?"

두 여자의 뼈가 든 얘기를 듣고 있던 노인이 소리쳤다.

"그렇게 모질지 못해 어디다 쓰겠느냐. 사내 녀석이 저렇게 누이 등에서 등으로만 업혀 자라 나중에 뭐가 될까 걱정이야."

"엄니 꼭 가야 하니까?"

"여태까지 내가 하는 소린 콧구멍으로 들었단 말이냐. 떠나거라. 당장!"

노인의 호령에 샘재댁은 입이 벌어진다. 유 씨로부터 한시라도 빨리 데려오도록 부탁을 받은 샘재댁이다.

"하루 이틀 더 미룬다고 죽은 아비가 살아 돌아오는 것도 아니니 지금 짐을 꾸려 샘재댁 쫓아 떠나거라."

"좋아유, 당장 데리고 오라는 부탁을 받았시유."

"엄니! 허면 밤에, 밤에 떠나겠시다."

화도댁은 당장 떠나라는 노인에게 매달려 다급하게 애원했다. 노인은 화도댁에게서 젊은 날의 자신을 보았다. 그렇게 떠나기 힘들었지만 떠났다가 다시 돌아온 자신을 받아 준 시어머니를 생각했다.

샘재댁은 다음 날 유 씨에게 대명 나루로 마중 나가게 하겠다며 먼저 갔다. 배를 타게 될 거라는 말에 경만은 갯벌에 있는 누이들에게로 달려갔다. 경만은 누이들을 향해 달려가며 소리친다.

"나 배 탈껴. 배 탈껴. 배 타고 뭍에 나갈껴."

큰누이가 철없는 경만을 가슴에 끌어안았다. 경만이 좋겠다 하고 한마디씩 하는 누이들 눈이 벌겋다. 경만은 누이들이 자기 혼자 배를 타게 될 것을 시샘하여 우는 것이라고 생각했다. 둘째 누이가 경만을 등에 업고 빙빙 돌았다.

"우리 경만이 좋겠네. 어딜 가도 여기는 생각하지 마. 우리는 잘 있을 거야. 엄니와 너만 잘 있으면 되는 겨. 알았는겨?"

경만은 둘째 누이의 그 말이 무슨 뜻인지 알지 못했다.

밤이 되자 노인이 손녀딸들을 단속하고 있었다. 남의 집사람이 되기 위해 가는 마당에 인사도 소용없으니 그냥 떠나라는 노인의 호령이 떨어졌다.

화도댁이 경만의 손을 잡고 마당에 섰을 때는 실처럼 가는 초승달이 마니산 등성이에 떠 있었다. 천방지축 좋아하던 경만은 화도댁의 눈물을 보았다. 화도댁은 방을 향해 절을 올렸다. 경만도 따라 했다. 건넛방에서는 아무 소리도 나지 않았다. 화도댁은 경만의 손을 잡고 집을 떠났다.

어둠 속에서도 살구꽃이 떨어졌다. 이미 초승달도 보이지 않았다. 화도댁은 경만의 손을 꼭 잡고 빠르게 걸음을 옮겼다. 밤새 걸어 나루터에 가서 묵고 아침에 배를 타라는 샘재댁의 말이었다.

샘재댁의 말에 의하면 김포 벌 유 씨 집은 나루터에서도 한나절을 걸어야 한다고 했다.

어둠 속으로 모자의 모습이 사라졌다.

"사기막골에서 오셨수?"

"그렇시다."

"잘 왔소. 내가 방촌말 사는 유만근이오."

"인사 드리겠시다. 경만이 어미이외다."

"먼 길 오느라 애썼소."

유 씨는 눈망울이 커서 어질게 보였다.

"경만아 인사 올려라."

주뼛거리는 경만에게 화도댁이 말했다.

"이제부턴 아비여. 아비라 불러라. 피곤할 테니 등에 업혀라."

유 씨는 머뭇거리는 경만에게 등을 대며 말했다.

유 씨 등에 업혀서 본 들판은 바다처럼 넓다. 경만은 땅도 바다처럼 넓을 수 있다는 사실에 놀랐다.

얼마쯤 왔을까. 경만이 또래의 한 아이가 달려왔다.

"아부지!"

아이는 유 씨에게 아버지라 부르며 경만을 끌어내렸다. 유 씨는 큰 등 양쪽에 두 아이를 함께 업었다.

"이잉! 울 아부지야!"

아이가 경만을 밀어냈다.

화도댁은 경만을 등에서 내리게 했다.

"가만 가만 그러면 안 돼. 사이좋게 지내야지."

유 씨가 말했지만 경만은 유 씨 등에서 내려 걸었다.

"이름이 뭐라고 했지?"

유 씨의 물음에 수줍어하는 경만 대신 화도댁이 대답했다.

"황경만입니다. 올해 여덟 살이구요. 생일은 여름입니다."

"우리 애는 성진이라고 해요. 동갑이지만 생일이 겨울이니 경만이가 형이구먼. 이젠 형 아우 하며 사이좋게 지내야 한다. 알았지?"

두 아이는 대답하지 않았다. 대신 경만은 빠르게 앞서 걸었고 성진은 아버지 등에서 말달리는 시늉을 하며 놀았다.

성진은 집에 다 와서야 아버지 등에서 내려왔다.

김포 벌

먼동이 트자 먹물 같던 어둠이 서서히 밝아왔다. 김포 벌은 잠에서 깨어난 사람처럼 수런대기 시작했다. 매일 떠오르는 태양인데도 새삼스럽게 놀란 새들이 재재거리며 하늘을 날았다. 울타리를 감고 오르던 청색 나팔꽃도 아침 햇살에 화들짝 놀라 꽃 이파리를 열었다. 다만 밤을 하얗게 밝히고 섰던 박꽃과 분꽃이 수줍어하며 서둘러 꽃잎을 닫았다. 산모퉁이에는 밤사이 빨갛게 익은 산딸기가 이슬을 머금고 부지런한 동네 아이들을 기다리고 있었다.

하지 볕보다 부지런한 벌판 사람들은 벌써부터 새벽 꼴을 베는 사람에, 삽을 메고 물꼬를 보러 논두렁에 다녀오는 사람에, 조반전 선선할 때 밭을 매 놓는 부지런한 아낙도 보였다. 밭을 다 맨

178

아낙은 아침 찬거리로 쓰기 위해 부지깽이로 이슬에 젖은 밭을 헤쳐서 호박을 따서 돌아오기도 했다.

언제부터인가 경만에게 이 들판은 꿈꾸고 있는 것처럼 보였다. 더없이 일렁거리는 바다가 아니고 사방이 지평선으로 둘러싸인 들판은 싹을 틔우고 자라게 하고 열매를 맺게 하는 어머니 같았다. 경만에게 그 들판이 그렇게 다가오기까지는 많은 시간이 흐른 뒤였다. 새벽 꼴을 베며 경만은 이곳에서 지냈던 그간의 시간을 돌이켜 보았다. 경만에게도 어머니에게도 뼈를 깎아 내는 아픔의 날들이었다.

경만에게 강화에서의 어머니에 대한 기억은 눈물이었다. 해 질 녘 노을을 바라보고 우는 어머니를 경만은 흔히 보아왔다. 개나리가 피면 개나리가 피었다고 울고, 시금치가 실하게 자라면 그랬다고 또 울고… 그렇지만 어머니는 가끔 경만과 누이들에 둘러싸여 있을 때는 환히 웃었다. 경만은 어머니의 웃는 모습이 봄에 밭모퉁이에 피어있는 노란 쑥갓꽃 같다고 생각했다. 어머니가 웃고 있으면 집안은 쑥갓꽃 핀 텃밭처럼 환하고 밝아지는 것이다.

김포 벌에서의 어머니는 울지 않았다. 웃지도 않았다. 말없이 차가웠으며 일을 시킬 때는 언제나 표정 없는 굳은 얼굴로 지시하곤 했다. 처음에는 마당 쓰는 일에서부터 닭 모이 주는 일 소꼴 베는 일 밭 매는 일까지 어린 경만에게 시켰다.

밥은 부뚜막에서 어머니와 함께 먹었다. 반찬이래야 신 김치

쪼가리와 고추장에 박은 마늘종이나 깻잎 그리고 언제나 밥 위에 찐 된장 그런 것들이었다. 갯가에서 비린 것들을 먹고 자라온 경만은 푸성귀들만 해서 먹는 것이 고역이었다. 속이 쓰리고 어떤 때는 생목이 오르기도 하였다.

잠은 머슴방 윗목에서 잤다. 머슴은 경만에게 이불 개키는 일이며, 물 떠오는 일, 부엌에서 찐 감자 가져오는 일들을 시켰다. 화도댁은 아는지 모르는지 전혀 개의치 않았다.

그러나 그러한 모든 일들보다도 경만이 힘들었던 것은 유 씨의 아들 동갑내기 성진의 심술이었다. 성진은 자치기를 하고 굴렁쇠도 굴리며 동네 아이들과 놀다가 그러한 것들이 싫증이 나면 경만을 쫓아다니며 일하는 것을 훼방 놓았다.

막내인 성진은 어머니가 돌아가시자 할머니 손에서 자랐다. 할머니가 불쌍하다고 가엽게 여기자 무엇이든 제 맘대로 했다. 마음에 차지 않을 때는 난폭하게 굴었다. 제일 만만한 게 경만이었다. 경만은 그런 성진을 피해 다니며 풀을 뜯고 개구리를 잡고 메뚜기를 잡았다. 개구리를 삶아 쌀겨에 풀과 함께 섞어 주면 닭은 토실토실 살이 쪄 굵은 알을 낳았다. 경만은 이미 그러한 일에 익숙했다.

그날은 경만이 밭고랑에 소복이 올라오는 토끼풀을 뜯어 망태기에 담고 있는데 성진이 왔다. 경만이 슬며시 망태기를 뒤로 숨기자 성진이 달려들어 망태기를 빼앗았다. 경만은 망태기를 달라고 쫓아 다녔다. 성진은 경만의 얼굴이 붉어져 쫓아다니는 것이 재미있었다. 성진이 망태기를 하늘 높이 던졌다. 풀이 공중에서 흩어져 망태기와 함께 떨어졌다. 두 아이는 그것을 잡으려고 한꺼번에 달려들었다. 머리를 부딪치며 서로 양쪽 끄트머리를 잡았다. 두 아이는 놓으려고 하지 않고 잡아당겼다. 망태기를 엮고 있는 새끼줄이 끊어지려고 했다. 망태기가 끊어지면 어쩌나 하는 생각에 경만이 망태기를 놓았다. 그러자 한쪽 끝에 잔뜩 힘을 주고 끌어당기고 있던 성진이 뒤로 나자빠졌다. 그 뒤로 구정물이 흐르는 도랑이 있었다.

도랑에 처박힌 성진이 자지러지게 울었다. 화도댁이 달려오고 근처에서 일하던 유 씨가 달려왔다. 유 씨는 처음부터 두 아이의 실랑이질을 보고 있었다. 어진 유 씨지만 누구에겐지 알 수 없는 분노가 치솟았다. 유 씨가 회초리를 꺾어오는 동안 화도댁은 도랑에 빠진 성진을 끌어올려 더러워진 옷을 벗겼다. 유 씨가 성진을 끌어내 회초리질을 시작했다. 철썩. 그러나 회초리를 맞은 것은 화도댁이었다. 자지러지게 울어대는 성진을 품에 안고 매를 맞고 있었다.

"임자도 남의 자식이라고 충하하는 게 아녀. 내 자식 남의 자식 충하하지 않고 잘못된 건 호되게 야단쳐 주는 게 어미여. 어서 성진이 나와라."

화도댁은 성진을 품고 움직이지 않았다.

유 씨가 처음 경만을 보았을 때 눈물이 많은 응석받이 아이였다. 부엌에서 찔찔거리며 눈물을 짜고 있기가 일쑤였다. 경만은 화도댁이 시키는 일에 투정을 하고 성진과 함께 놀기를 바랐다. 그러나 화도댁은 경만을 성진과 똑같은 위치에 놓고 키우지 않았다. 밥 먹는 거며 일하는 거며 마치 주인 집 아들 섬기듯이 차별을 두었다. 전실 자식과 층하를 두고 키우는 것이 화도댁의 사려 깊은 생각일지 몰라도 지금 이 순간 유 씨는 화도댁에게 몹시 화가 나 있었다.

성진은 점점 성격이 난폭한 아이로 자라고 경만은 그러한 것에 아랑곳하지 않고 묵묵히 일했다. 이제 이 집에서 경만이 하는 일이 작지 않았다. 유 씨는 이 모두가 화도댁이 아이를 층하한 데서 온 것이라고 생각했다. 지금 유 씨는 제 자식이 못난 것을 회초리질로 화도댁에게 화풀이하고 있었다.

"잘못했시다. 앞으로는 조심하겠시다."

화도댁은 유 씨 앞에 머리를 조아리고 용서를 빌었다. 경만은 아무 잘못을 하지 않은 화도댁이 매를 맞고 잘못을 비는 것이 속이 상했다. 경만은 화도댁이 야단치며 일만 시키는 것도 어쩜 사랑하는 또 다른 방법일 지도 모른다고 생각했다. 화도댁이 시키는 일에 늘 불만이 많았던 경만이다.

그날 이후 성진의 기세는 하늘을 찔렀다. 더욱 오만해진 성진은 더욱더 경만을 못살게 굴었다. 경만은 성진의 치근덕거림에 아무런 대꾸를 하지 않았다.

동네 아이들은 성진이 사납고 다투기를 잘해 놀아주지 않았다. 경만이 이곳으로 오기 전에는 성진은 성질을 죽이고 그런 동네 아이들 틈에서 놀았다. 이제 그럴 필요가 없어졌다. 경만을 쫓아다니며 일을 훼방 놓는 것만으로도 충분히 재미있었다.

성진은 경만이 닭 모이를 주면 지키고 섰다가 닭들을 쫓아버렸다. 마당을 쓸면 뒤따라다니며 어지럽혀 놓았다. 풀을 베러 나가면 망태기를 빼앗아 숨겼다. 경만은 말없이 풀 망태기를 찾아 돌아다녔다. 그 모습을 보고 성진이 놀렸다.

"바보! 바보!"

성진은 경만을 발로 차며 놀렸다.

"맞고도 가만있는 바보!"

경만이 가만히 있으면 더욱더 놀리며 쫓아다녔다.

가을이 되었다. 찬 바람이 불어오기 전에 해야 할 일이 있다. 산에 가서 틈틈이 나무를 해다 쌓아 놓아야 추운 겨울을 그럭저럭 보낼 수 있다. 근처의 산은 이미 사람들이 다 나뭇가지를 치고 낙엽을 긁어가서 먼 산까지 가서 나무를 했다.

경만이 먼 산으로 나무하러 가는 또 다른 이유가 있었다. 거긴 멀어서 성진이가 따라오지 못했다. 성진은 멀리 걸어 다니는 것을 질색했다.

경만이 죽은 나뭇가지를 치고 솔잎을 긁고 있었다. 가까이서 인기척이 났다. 놀라서 쳐다보니 성진이 씨근덕거리며 다가오고 있다. 경만은 성진이 여기까지 따라와 어떤 심술을 부릴까 불안했다.

성진은 어지간히 심심한가 보았다. 작대기를 구해 경만이 긁어 놓은 솔잎을 이리저리 어지럽혀 놓았다.

경만은 성진을 모르는 체하며 솔잎을 덩어리로 만들어 새끼줄로 묶어 지게에 얹었다. 지게를 지고 일어나 막 발을 떼려고 할 때였다. 성진이 경만의 발을 걸었다. 경만은 그만 그 자리에 고꾸라졌다.

경만의 얼굴이 까지고 코피가 났다. 얼굴에 피가 범벅이 되었다. 성진이 어느새 저만큼 도망쳤다. 경만은 더 참을 수가 없었다. 지게를 땅에 내려놓은 성진의 뒤를 무섭게 쫓아갔다.

경만은 성진이 보다 키가 클 뿐 아니라 달음질도 잘했다. 경만은 성진 앞으로 달려가 섰다. 경만은 화가 나 씩씩거렸다.

"때려 봐. 때리지도 못하면서…"

성진이 경만을 약 올리며 쳐다보았다. 경만은 성진에게 달려들었다. 두 아이의 치고받는 싸움이 시작되었다. 동갑인데도 성진이 보다 경만이 덩치는 훨씬 컸다. 경만의 힘은 성진에게 비교할 바가 아니었다. 성진은 성질만 사나웠지 경만이 한 대 칠 때마다 픽픽 쓰러졌다. 성진은 경만이 이만큼 화가 난 것을 본 적이 없었다. 경만은 여태까지 당한 것을 몽땅 분풀이하듯 성진을 깔고 앉아 주

먹으로 마구 쳤다. 성진은 거칠게 반항을 하다가 기진맥진해 반항
조차 하지 못하고 그대로 얻어맞았다.

"다신 안 그럴게."

한참을 얻어맞은 성진이 두 손을 모으고 애처롭게 빌었다. 그
러나 경만의 화는 풀리지 않았다. 경만은 치고 또 쳤다.

경만이 피범벅이 된 성진을 내려다보았다. 코피를 줄줄 흘리며
반항조차 하지 못하고 있는 성진이 불쌍해 보였다. 그때서야 경만
은 성진을 떠밀었다. 그리고 얼른 지게를 지고 산을 내려왔다. 성
진이 풀이 죽어 따라오고 있었다.

따라오던 성진의 모습이 보이지 않았다. 뒤돌아 가보니 성진이
밤나무 위에 올라가 있었다. 이미 주인이 따간 밤나무에는 밤송이
가 보이지 않았다. 한참을 살펴보니 성진이 올라간 밤나무 가지
끝에 미처 따지 못한 밤송이가 하나가 있었다. 성진은 지금 그것을
따려고 가지 끝을 기어오르고 있었다.

"위험해!"

성진은 경만의 말을 듣지 않고 계속 올랐다.

경만은 마음이 조마조마해서 쳐다보고 있었다. 성진이 손을 내
밀었다. 경만은 지게막대기를 성진이 손에 쥐여주었다. 성진은 한
손으로 나뭇가지를 잡고 조심스럽게 밤송이를 내리쳤다. 밤송이
가 떨어졌다.

성진이 나무에서 내려오는 동안 경만이 밤을 깠다. 밤은 외톨

이다. 경만이 나무에서 내려온 성진에게 밤을 내밀었다.

"밤 여기…"

성진이 빙그레 웃으면서 말했다.

"너 줄려고 딴 거야."

경만은 아직도 마르지 않은 코피가 붙어있는 성진을 쳐다보았다. 화가 많이 나 있는 줄 알았는데 삐죽이 웃는 것이 아닌가. 게다가 경만에게 주려고 밤을 딴 것이라고 했다.

"나 주려고 딴 거야?"

"그래 정말이야."

"왜?"

"너하고 친하고 싶어."

"뭐?"

경만은 기가 막혔다.

"그런데 왜 괴롭히니?"

"바보 같아서… 때려두 가만히 있구. 그게 싫어."

경만이 성진에게 밤톨을 다시 내밀었다.

"너 먹어. 너 준 것이라니까."

"그럼 우리 반반씩 나누어 먹을까?"

경만이 말했다.

"그래 좋아!"

경만이 밤톨을 깨물었다. 밤은 딱 소리를 내며 갈라졌다. 경만이 큰 밤 쪽을 성진에게 내밀었다. 성진은 내민 밤이 아닌 다른 쪽 밤을 빼앗아 먹었다. 두 아이는 소리 내어 웃었다.

"나도 너하고 풀도 뜯고 닭 모이도 주고 싶어."

성진이 말했다.

경만은 성진의 몸에서 붙은 검불을 떼어 주었다. 피딱지가 붙은 얼굴을 침을 묻혀 닦아 주었다. 경만은 친하고 싶다는 성진의 마음을 짐작도 하지 못했다.

"물어보고 싶은 게 있어. 넌 일이 그렇게 재밌니?"

성진이 호기심 가득한 얼굴로 물었다.

"뭐? 일이 재미있냐고? 그런 사람이 어디 있어? 나도 제기차기 자치기하면서 놀고 싶어."

"그럼 놀아."

"난 내 밥벌이를 해야 돼."

"왜?"

"넌 유 씨잖아. 난 유 씨가 아니고 황 씨야! 그래서 내 밥벌이는 내가 해야 해."

"몰라. 난 황 씨, 유 씨 그런 거 몰라. 근데 이상해. 난 일하는 거 싫거든. 근데 네가 일을 하는 것은 재미있어 보여. 니가 온 후로는 자치기며 제기차기며 다 재미없어. 너처럼 일하고 싶어. 내가 잘못하면 사람들이 야단을 안 쳐. 불쌍해서 그러는 거래. 그럼 난 자꾸 나쁜 맘이 들고. 그래서 자꾸 널 괴롭히고 그랬어."

성진이 밤톨을 씹으며 말했다.

"이젠 사이좋게 지내자."

"응."

경만은 아주 흡족한 마음으로 말했다.

눈 앞에 펼쳐진 들판이 조금 전과는 달리 환해 보였다. 언제부터인가 경만에게 이 들판은 꿈꾸고 있는 것처럼 보였다. 사방이 지평선으로 둘러싸인 들판이다. 땅은 싹을 틔우고 자라게 하고 열매를 맺게 한다. 땅은 어머니처럼 모든 것을 길러낸다. 성진과 친해진 이후 경만에게 이 들판이 더욱 친근하게 다가왔다.

보고 싶은 할머니

경만이 벌판에서의 생활이 안정되어 갈수록 견딜 수 없는 것이 있었다. 눈을 감으면 바다가 일렁이고 할머니와 함께 조개 캐던 누이들이 생각났다. 낯선 김포 벌 생활이 익숙해지자 더욱 간절히 강화가 생각났다.

바다가 보고 싶으면 성진과 함께 강으로 갔다. 드넓은 한강은 느릿느릿 편안한 모습으로 흘러간다. 경만은 강둑에 앉아 바다를 그려보곤 했다. 한강 하구에는 바다와 마찬가지로 밀물과 썰물이 있었다. 보름날이면 드넓은 모래벌이 강 한가운데 생겼다. 사람들은 그곳으로 몰려가 조개를 주웠다.

민물조개는 바닷조개와 달리 싱겁고 비렸지만 감칠맛은 더했다. 특히 민물조개를 넣고 끓인 아욱국은 사시사철 별미였다. 경만이 민물조개를 넣고 끓인 아욱국에 익숙해지기까지 많은 시간이 걸렸다.

"저기 저 끝에 무엇이 있는 줄 아니?"

성진이 강 끝을 가리키며 물었다.

"몰라."

"거긴 말이야 바다야. 그리고 섬 강화가 있대."

성진이 어른스럽게 말했다.

"그럼 강물을 따라 쭉 내려가면 강화가 나온단 말이야?"

"응 근데 배를 타야 한대. 형이 그랬어."

경만은 아무것도 손에 잡히지 않았다. 종일 나루터에 앉아 강만 보고 있었다. 나룻배가 닿으면 남자들은 등짐을 지고 여자들은 머리에 보따리를 이고 내렸다. 저녁 무렵 경만은 배에서 내리는 방물장수 샘재댁을 보았다. 경만은 반가운 마음에 달려갔다.

"네가 여기 웬일이니?"

샘재댁이 놀라 물었다.

경만은 대답하지 못하고 발로 땅만 비비고 있었다.

"오라 할머니가 보고 싶은 거구나."

샘재댁은 경만의 마음을 환히 들여다보듯이 말했다. 경만은 샘재댁을 간절한 눈빛으로 보았다. 샘재댁이 자신을 이곳으로 오게 한 것처럼 어쩜 강화로 데려다줄지 모른다는 생각에서였다.

"어머니께 말씀드려 한 번 데려갈게. 누이들이 너 보고 싶어 성

190

화야."

샘재댁은 상냥하게 웃으며 말했다. 참으로 오랜만에 들어보는 웃음기 가득한 목소리였다. 경만은 코끝이 찡해 옴을 느꼈다.

샘재댁이 가고 나서도 경만은 한참을 그렇게 앉아 있었다. 몸이 나른한 게 움직여지지 않았다. 쟁반만 해진 해가 세상을 붉게 물들이고 강 한 가운데로 떨어질 때까지 앉아 있었다. 스르르 그냥 눈이 감겼다.

눈을 떠보니 방이었다. 물수건이 경만의 머리를 식혀 주고 있었다. 화도댁의 눈물이 경만의 얼굴 위로 흘러내렸다. 경만은 주위를 살펴보았다. 놋쇠로 장식한 반닫이 장이 놓여있는 그 방은 유 씨방이 분명했다.

화도댁은 해가 져도 돌아오지 않는 경만을 찾아 나섰다가 샘재댁을 만났다. 샘재댁이 일러준 대로 나루터로 달려가 보니 경만이 열에 들떠 쓰러져 있었다. 몸이 불덩이가 된 경만을 업고 달려오는데 등에서 신음소리처럼 할머니 부르는 소리가 들렸다. 뭐가 그리 좋은지 까르르대며 웃기도 했다.

화도댁은 경만을 품에 안고 오열했다. 화도댁은 경만이 유 씨의 의붓자식으로 천덕꾸러기가 되는 것이 싫었다. 황씨 집안의 귀하고 귀한 오대 독자가 천해지는 게 싫었다. 그러면 스스로 천해지기로 했다.

화도댁이 유 씨 품에 처음 안기던 날 유 씨는 꽤나 흡족해 있었다. 그런 유 씨에게 화도댁은 말했다.

"부탁이 있시다."

"뭐시오?"

유 씨는 이미 오래된 아내 대하듯 친숙하게 물었다.

"저 아이는 누가 뭐래도 황씨 집안의 오대 독자요."

"그래서?"

"저 아이에 관한 일은 다 지 소관으로 해 주시겨."

"그게 무슨 소리여?"

"야단을 쳐도 지가 칠 것이요, 밥을 굶겨도 지가 굶길 것이
니…"

"상관하지 말란 말이구면."

"야."

"걱정 마시오. 내 아들딸만 해도 여섯이 아닌가. 그럴 기력도
없소."

"그럼 그리 알고 있겠시다."

"좋도록 하구료."

그날 이후 화도댁은 이 귀하고 사랑스러운 아들이 천덕꾸러기
가 되지 않게 하기 위해 스스로 일군이 되어야 한다고 생각했다.
화도댁은 이 어린아이에게 놀 만한 조그만 짬도 없이 일을 시켰
다. 너무 모질었다는 생각이 들자 눈물이 쏟아졌다. 눈물이 경만
의 볼 위에 떨어졌다.

경만이 가만히 눈을 떴다.

"엄니… 할미 할미가 보고 싶어."

"그려 얼른 병 낫고 밥 잘 먹으면 할미께 보내줄 껴."

"증말?"

"그럼 증말이고 말고…"

경만은 배시시 웃었다. 얼마 만에 우는 엄마의 모습을 보는 것인가. 경만은 우는 엄마의 모습이 강화에서와 조금도 다름없어 안심했다.

"다 나았어. 증말이야. 걸을 수 있어."

그러나 경만은 일어나려고 하다가 다시 쓰러졌다. 화도댁이 경만을 끌어안았다. 경만은 화도댁의 따뜻한 품 안에서 다시 잠 속으로 빠져들어갔다.

꼭 세 밤만 자고 오기로 하고 샘재댁을 쫓아 떠난 새벽길이었다. 반나절을 걸어 대명 나루까지 가서 배를 타고 또 부지런히 반나절을 걸어야만 옛집이 나온다고 샘재댁이 일러주었다. 만조가되어 배를 띄울 수 있으려면 얼른 가야 한다고 경만의 발걸음을 재촉하기도 했다.

나룻배를 타고 한강 폭보다 짧은 뱃길을 건너는 데는 순식간이었다. 거기서 내려 해 떨어지기 전에 집에 도착해야 했다. 경만은 종종걸음으로 샘재댁의 빠른 걸음을 따랐다. 샘재댁은 조금도 처지지 않고 따르는 경만이 대견했다.

"할미! 언니!"

낯익은 길이 나오자 경만은 외마디처럼 소리를 지르며 동네로 달려갔다. 누이들이 달려 나와 서로 얼싸안고 울었다. 경만은 누이 등에 업혀 바다로 갔다. 바닷바람이 비릿한 냄새를 풍기며 불어왔다. 썰물이 져 드넓은 갯벌에서 이리저리 뛰어다니며 놀았다. 게들이 후다닥 놀라 구멍으로 숨었다.

얼마를 놀았을까. 언덕에는 노인이 서 있었다. 온갖 종류의 생명들을 키우는 갯벌처럼 경만을 향한 온갖 종류의 사랑을 듬뿍 담고 있는 노인을 향해 경만은 달음질쳐 갔다.

"할미! 보고 싶었시다."

경만이 할머니를 얼싸안으며 말했다.

"낸 안 보고 싶었다."

노인은 냉랭한 얼굴로 경만을 떠밀었다. 경만은 놀라 노인을 쳐다보았다. 잔뜩 찌푸린 얼굴을 한 노인이 경만을 외면하고 집을 향해 걸었다.

"할미! 거짓뿌렁! 거짓뿌렁이지?"

경만이 노인을 쫓으며 말했다.

"거짓뿌렁이 아녀."

경만은 노인의 치마폭을 끌어안으며 울며 소리쳤다.

"다 거짓뿌렁이여! 엄니도 할미도 다 거지뿌렁이란 말이여!"

누이들이 우는 경만을 끌어안았다.

"그려! 할머니 거짓뿌렁이여! 우리 경만이 보고 싶다고 우는 걸 한두 번 본 게 아녀."

막내 누이 섭섭이가 울며 말했다.

"어여 돌아갈 채비 하거라."

경만이 노인에게 매달리며 말했다.

"할미! 세 밤만… 세 밤만 자고 갈껴."

"안 돼."

"그럼 두 밤만… 두 밤만 자고 가게 해 주시겨."

"안 돼. 넌 여기 잊어야 하는겨."

"할미! 그럼 한 밤만…"

경만이 걷고 있는 노인의 뒤를 쫓으며 마지막으로 애원했다.

이튿날 경만이 잠에서 깨어났을 때 노인은 나들이 차림으로 앉아 있었다. 게장을 뜯어 누이들과 밥 한 끼를 겨우 먹고 경만은 노인과 함께 샘재댁을 따라왔던 길을 되돌아갔다. 울부짖는 바다와 누이들을 뒤로하고 반나절을 걸어 배를 탔을 때 경만은 울기도 지쳐 잠이 들었다. 노인은 그런 경만을 꼭 안았다. 아기 같던 얼굴이 제법 머슴애티가 나고 보기에도 의젓해 여간 대견하지 않았다. 키가 한 뼘이나 더 자라 있었다. 노인은 자는 경만을 품에 안고 한없이 쓰다듬었다.

노인이 기다리고 있는 뒷산으로 화도댁이 허겁지겁 뛰어왔다. 화도댁은 그 먼 길을 간 경만을 겨우 하룻밤 재우고 쫓아내다시피 데리고 온 노인이 야속해 단숨에 달려왔다.

"이럴 수가 있시껴. 할미가 보고 싶어 죽을 뻔했던 애에요. 그런 애를 하룻밤만 재우고 데려오다니…"

"내 미처 일러두지 못한 게 있어 왔다. 앞으론 이런 일 없도록 하거라."

"어무니! 정말 모질어도 너무 모지십니다."

"내 맘 모르겠느냐?"

"모르겠시다. 정말 모르겠시다."

노인은 울부짖는 화도댁을 내려다보며 말했다.

"내가 너한테 말하지 않았던 게 있다. 니 남편이 저 아이만 할 때. 나도 재가했었다."

화도댁은 노인에게 그런 사실을 들은 적이 없었다. 화도댁은 놀라 노인을 본다. 노인은 담담히 말을 이어갔다.

"갯사람이 갯가를 뜨면 못산다는 말이 있어. 정말이지 못 살겠더구나. 우리 모자는 다시 그 마을로 갔어. 느이 시햄미가 말없이 받아 주더구나. 결국 우린 거길 못 떴어. 내 가끔 생각한다. 그때 늬이 시햄미가 우릴 받아주지 않았다면 우리 모자는 거길 떴고 그럼 니 냄편도 지금쯤 그렇게 되지 않았을 거라구."

화도댁은 눈물로 범벅이 된 얼굴로 노인을 들여다보았다. 노인은 입술을 강하게 깨물며 신음처럼 말했다.

"하룻밤 더 재웠다간 내가 못 보낼 것 같았어."

196

화도댁이 그 자리에 무너져 울었다. 노인은 여전히 입술을 깨물고 말했다.

"어여 들어가거라."

화도댁이 자리에서 일어났다.

"어여 가."

노인이 손을 내저으며 단호히 말했다.

화도댁은 한 걸음 발걸음을 떼고 돌아다보았다.

"견디어야 하는 겨. 모질어야 혀. 어여 가거라."

산언덕을 내려간 화도댁의 모습이 보이지 않자 노인은 그 자리에 주저앉아 끅끅하며 그때까지 참고 참았던 울음을 터트렸다. 산모퉁이를 내려가던 화도댁이 달려와 노인을 부둥켜안았다. 한 번 터진 울음은 봇물처럼 걷잡을 수 없이 터져 나왔다.

동산 모퉁이에 서 있는 늙은 소나무 뒤에서 아까부터 이 광경을 지켜보던 경만이 나무에 머리를 박으며 나직이 울었다.

씨감자

땡볕이 사정없이 내리꽂히고 있었다. 새벽안개 속을 호박꽃이 호롱처럼 밝히고 섰던 때만 해도 그다지 덥지 않을 것 같던 날씨가 한낮이 되자 달아오른 땅에서 열이 뿜어지더니 금방 한증막 같아졌다. 뒤란에 서 있는 감나무도 검푸른 이파리를 축 늘어뜨리고 있었다.

늙은 오이를 무쳐 점심을 먹고 난 후여서 오수가 나른하게 밀려왔지만 화도댁은 빨래를 주섬주섬 광주리에 담았다. 마루 밑에는 나다니기를 포기하고 자리한 검둥이가 잠을 청하나 숨을 헉헉거리며 잠들지 못했다. 미련한 황소는 외양간에서 더운 체도 하지 않고 꼬리로 달려드는 파리를 쫓으며 한가로이 되새김질을 했다.

우물에서 찬물을 길어 올려 마시고 난 화도댁은 광주리를 이고 빨래터로 향했다. 땡볕이 정수리에 내리꽂혔다. 잠자리가 떼 지어 몰려다니는 위로 매미 소리가 빗줄기처럼 쏟아졌다. 화도댁은 빠르게 걸었다. 식구들이 제각기 벗어 놓은 빨래를 잠시라도 게으름을 피우면 갈아입을 옷이 마땅치 않아 다투었다. 덥다고 짐승들처럼 게으름을 부릴 틈이 없는 화도댁이다.

여름이라 특별히 할 일이 있는 건 아니지만 화도댁은 경만을 그늘에서 쉬게 하지 않았다. 낫질이 제법 익숙해졌으니 퇴비 꼴을 베라고 한강 둑으로 보냈다. 화도댁은 놋그릇에 보리밥을 잔뜩 퍼 눌러 담고 열무김치를 탕개에 담아 지게 위에 얹어 주었다. 밥 위에 얹어 찐 감자를 출출할 때 먹으라고 넣어 주는 것도 잊지 않았다.

경만은 하루 종일 강둑에서 풀을 베었다. 꿈꾸는 듯 푸른빛의 꽃송이를 가지 끝에 품고 있는 달개비풀이나, 소담히 올라오는 토끼풀같이 부드럽고 연한 풀들은 쇠죽 쑬 때 쓰려고 한편에 따로 놓았다. 나머지 풀들은 가을과 겨우내 푹 썩혀 봄에 두엄으로 내다 쓸 것들이다. 그래서 향기가 강한 쑥부쟁이 건 뻣뻣한 억새풀이건 상관하지 않았다.

베어내고 또 베어내도 며칠 있으면 다시 풀이 그득히 올라오는 한강 둑은 경만이 가장 많은 시간을 보내는 곳이다. 바다와 갯벌이 아닌 강물과 강둑에 이미 익숙해진 경만이다. 이제는 예전의 갯가를 생각하면 답답했다. 늘 눈앞에 있으면서 쉬지 않고 변하는 바다에서 사람들은 조개를 캐고 고기를 잡아 올리지만 바다는 가끔씩 심술을 떨며 사람들의 생명을 앗아간다. 바다에 비해 씨 뿌려 가꾸면 풍요롭게 열매를 맺게 해 주는 들판이 얼마나 고맙고 소중한가. 두고 온 할머니와 누이들을 생각하면 아직도 가슴 한복판이 찡해 오면서 아주 소중한 걸 잃어버린 듯 허전하고 아쉽지만 그때마다 눈시울을 적시지 않아도 될 만큼 이미 성숙해 있었다. 경만은 피 한 방울 섞이지 않은 열이 넘는 식구들 치다꺼리를 하며 밭일 들일 마다하지 않는 어머니를 생각하자 은근히 부아가 나 풀포기를 움켜쥐고 베었다. 와싹 소리가 나고 풀이 베어졌다. 쑥 향기가 쏴 하고 경만의 코를 찔렀다.

경만은 풀물이 들어 까맣게 되어버린 손톱을 보았다. 고사리 같던 손이 풀에 베이고 낫자루에 굳어 억세진 손이었다. 경만의 마음속에는 풀물이 들어가는 억세진 손처럼 단단히 영글어가는 소망이 있었다. 훌륭한 농사꾼이 되리라. 저 들판에 내 땅을 가지고 농사를 지으리라. 경만의 꿈은 들풀처럼 베면 자라고 또 베면 자라면서 가슴 한 복판에 복숭아씨처럼 단단하게 자리했다.

화도댁이 광주리를 이고 빨래터를 향해 걷는 개울 옆에는 벼들이 검푸르게 올라오고 있었다. 봄에 못자리의 모를 논에 심어놨을 때만 해도 심한 몸살을 앓으며 금방이라도 죽을 것 같았던 벼들이 이제 뿌리를 단단히 박고 서서 뜨거운 햇볕 속에 서 있었다. 벼 포기가 얼마나 실하게 퍼졌는지 논 안에 가둔 물조차 보이지 않았다. 화도댁이 걸을 때마다 개구리들이 첨벙대며 물속으로 뛰어들었다. 햇볕이 뜨거울수록 벼의 성장은 좋아 가을에 더 실한 낱알을 열었다. 화도댁이 이 벌판에 흘러 들어와 이 년 남짓한 시간을 돌이켜 보았다. 바다에 대한 그리움을 견디지 못하고 하루에도 몇 번씩 강화로 달려가고 싶었던 지난 시간들이 눈앞에 스쳤다. 화도댁은 그 그리움을 견디기 위해 쉬지 않고 일을 했다. 이제 검푸르게 올라오는 저 벼들처럼 화도댁은 이 땅에 익숙해 있었다.

한낮의 빨래터는 텅 비어 있었다. 더위를 피해 아침저녁 선선할 때만 사람들이 몰려나왔다. 집채만 한 바위 돌 위로 물줄기가 시원하게 쏟아진다. 이 빨래터는 앞강에서 샛강으로 물길을 터놓아 생겼다. 물줄기가 쏟아져 내리면서 바위를 적당하게 다듬어 놓아 빨래하기 안성맞춤이다. 중간쯤에 정강이까지 차는 웅덩이가 있었다. 머리 감기에 알맞은 자리라 아낙들이 붐빌 때는 기다리고 섰다가 머리를 감았다.

화도댁은 무릎까지 올라오는 웅덩이에 서서 머리를 물에 넣었다. 머리칼이 보리밭의 물결마냥 가지런하게 퍼졌다. 겨 비누를 머리에 바르자 거품이 인다. 머리를 흐르는 물에 헹구자 뼛속까지 시원하고 개운해졌다.

화도댁은 머리를 가지런히 모아 뒤로 틀어 올리고 빨래를 비비기 시작했다. 기둥에 걸어두고 이 사람 저 사람이 문질러 대는 긴 베수건은 땀내로 가득했다. 며칠 전 손질해 놓았던 베잠방이는 흙이 잔뜩 묻어 있었다. 어제 웅덩이를 푸다가 더럽혀진 것이다. 봄에 모내기를 끝내고 몇 번의 김매기를 해주고 나면 한여름에는 잠시 한숨을 돌릴 만큼 한가롭다. 그때 남정네들은 마차를 끌고 강둑으로 가 퇴비 꼴을 해 쌓는다. 그러다가 싫증이 나는 날이면 물가로 나가 웅덩이를 폈다.

논에 물을 대기 위해 만들어 놓은 시내는 여름 내내 논에 물을 대 주느라 바닥에만 겨우 물이 흘렀다. 그 개천의 양쪽을 막아 고기가 빠져나가지 않게 물을 가두고 그 안의 물을 퍼냈다. 물이 바닥을 보이면 여름내 자란 은빛 붕어들이 파닥거렸다. 운이 좋으면 뱀장어도 네댓 마리 건져 올릴 수 있었다. 그 밖에 미꾸라지 참게 메기… 재수만 좋으면 팔뚝만 한 잉어도 건졌다.

그렇게 건져 올린 참게는 조선간장에 절여 놓았다가 곰삭았을 때 꺼내 놓으면 여름철 가장 좋은 별미다. 아껴 두었다가 입맛이 없을 때 밥상에 올리면 밥을 몇 그릇이라도 먹을 수 있어 밥도둑이라 불렀다.

고추장을 풀어 호박과 약이 잔뜩 오른 풋고추를 썰어 넣어 끓인 메기매운탕은 수제비를 떠 넣어야 제맛이 난다. 복중에 땀을 뻘뻘 흘려가며 먹고 나서 등물을 하면 온몸이 개운해지는 게 여름철 몸보신으로 그만이다.

화도댁은 비로소 가족이 된 거 같다. 마음은 늘 떠나야 하는 사람처럼 바닷가를 헤매던 적이 한두 번이 아니다. 화도댁의 마음이 안정된 것은 경만이 강화를 다녀온 후 할머니 보고 싶다고 떼쓰는 일이 없어진 후였다. 그리고 새 남편 유 씨와 새록새록 쌓이는 정 때문인지 몰랐다.

유 씨는 죽은 전처와 정이 무엇인지 모르고 살았다. 늘 배가 불러 있지 않으면 병치레하느라고 누워 있는 날이 많았다. 전처가 저세상으로 떠난 후 여자가 들어왔다가 일이 세어 견디지 못하고 나가기를 여러 번 했다. 그러다가 화도댁이 들어왔다. 화도댁이 들어온 이후 유 씨는 사는 것이 마르지 않는 샘처럼 새록새록 재미가 났다. 그것은 참으로 이상한 경험이었다. 화도댁의 몸을 탐하면 탐할수록 그의 몸 안에는 활력이 가득 넘치는 것이다. 화도댁을 생각하면 입이 절로 벌어지고 온몸이 근질근질거리며 아랫배가 뻐근해 오고 얼굴에 웃음이 돌았다. 구슬땀을 흘리며 억척스레 일하는 화도댁의 건강한 모습을 보기만 해도 유 씨는 그녀를 품고 싶어졌다. 아무도 없는 대낮에 마주칠라치면 유 씨는 영락없이 화도댁을 방으로 끌어들였다. 그러면 그녀는 좋다 싫다 내색 한번 하지 않고 조용히 유 씨의 행동에 응하는 것이다. 이러한 세상이 있다는 것을 생각조차 해 보지 못했던 유 씨다. 자연히 유 씨는 너그러워지고 얼굴에는 전에 없던 화색이 돌았다. 짓궂은 동네 사람들이 새장가 들더니 얼마나 재미가 좋은지 사람 모양새까지 변했다고 농지거리를 하면 유 씨는 돌아서서 얼굴을 붉히곤 했다.

화도댁은 베수건을 돌멩이에 박박 문지르고 겨 비누를 칠했다.

물컹물컹하여 손가락 사이로 삐져나온 겨 비누를 여기저기 골고루 묻혔다. 이번에는 방망이를 두드렸다. 고요하던 빨래터의 정적이 방망이 소리로 깨졌다.

한길을 지나던 여인이 방망이 소리에 빨래터를 봤다. 화도댁도 내려다보는 여인을 쳐다보았다. 샘재댁이다. 그러나 웬일인지 샘재댁이 급히 피하듯 달아났다. 이상한 생각이 들어 화도댁은 한길로 뛰어올랐다.

화도댁은 샘재댁이 허둥대며 앞장서 가는 것을 본다.

"아줌니! 경만 에미외다."

샘재댁이 그 자리에 선다. 머리 위에 있던 보따리가 떨어진 것은 그때였다.

"아이쿠머니나! 저를 어째."

화도댁이 소리쳐도 샘재댁은 보따리 주울 체를 하지 않는다. 화도댁은 이상한 예감이 스친다.

"무슨 일이 있시껴?"

샘재댁은 풀 섶에 풀썩 주저앉는다.

"이를 어째. 여기서 화도댁을 만나다니…"

"답답해 죽겠시다. 어여 말을 해 보시껴. 무슨 일 있시껴?"

"경만이…"

"뭐요?"

"경만이 막냇누이가… 홍역을 하다가 그만…"

"그럼…"

"죽을 때 눈이 뒤집혀 가면서도 얼마나 경만이를 찾는지 애처로워 볼 수 없었다고…"

화도댁은 샘재댁의 말이 미처 끝나기도 전에 빨래하던 차림으로 달렸다. 방금 감고 질끈 동여맨 머리가 풀어져 산발한 채 땡볕 속을 달린다. 샘재댁이 쫓아와 뱃삯이나 하라며 지폐 몇 장을 허리춤에 찔러 주었다.

화도댁이 반나절 거리를 삽시간에 달려 나루터에 도달했을 때는 베적삼이 흠뻑 젖고 땀이 주르르 흘러내렸다. 더위 탓인지 사공의 모습이 보이지 않았다.

"거 누구 업시껴?"

화도댁의 외마디 비명 같은 외침에 나무 그늘에서 잠자던 사공이 손님이 없으니 다른 손님이 올 때까지 기다리라고 말하고는 다시 잠이 들었다. 화도댁이 나루터에 매여진 배 위로 뛰어올랐다. 한때 뱃놈의 아낙으로 노 젓는 것은 일도 아니었다. 삐거덕거리는 노 젓는 소리에 사공이 달려왔다. 사공은 손을 허우적거리다가 물 속으로 첨벙첨벙 걸어 들어왔다.

마을 입구에 있는 동산에는 잡풀이 무성히 우거져 있었다. 언제부턴가 풀 깎는 이들의 모습은 보이지 않았다. 마을은 남정네들은 구경조차 어렵고 계집아이와 늙은 할머니들뿐이다.

이 마을은 귀양살이 왔던 벼슬아치가 귀양이 풀려도 돌아가지 않고 뿌리내리고 살아 생겨났다. 한때는 자손이 번성해 혼사가 끊이질 않았다. 해마다 서너 채씩 집들이 늘어나서 이 근방에서는 제법 큰 마을에 속했다. 그러던 황 씨 집성촌이었건만 언제부터인가 집집마다 계집애들만 태어나는 것이다. 태어난 계집애들은 나이가 들면 대처로 짝을 정해 나가고 늙은이들은 빈집을 지키며 살다 죽었다. 마을은 귀신들이 들락거릴 정도로 황폐해 갔고 그나마 어쩌다 태어난 사내들은 바다로 나가 돌아오지 않았다. 집집마다 떼과부였다.

이 마을에는 사람들 입에서 입으로 전해 내려오는 흉흉한 이야기가 있다. 마을 입구에는 백 년 묵은 느티나무가 한 그루 서 있었다. 뿌리가 불거져 나와 마을 사람들의 의자 역할을 하는 이 나무 밑은 동네 사람들의 휴식처였다. 여름에는 나무 밑에 평상을 놓고 누워 낮잠을 자기도 했다.

어느 비 오는 날 삽을 메고 물꼬를 보러 나갔던 동네 사람이 불거진 뿌리 사이로 기어가는 구렁이를 보고 삽으로 쳐 죽였다. 구렁이 배에서 구슬 같은 알이 쏟아져 나왔다. 그때부터 이 마을은 여자들만 태어난다는 것이다.

풀이 우거진 야산에 막내 손녀딸을 묻고 이런저런 생각을 하고 있는 노인의 눈에 꽁지 빠진 강아지처럼 허둥대며 달려오는 아낙을 보았다. 노인은 오늘 중으로 화도댁이 달려 올 거라는 것을 짐작하고 미리 나와 앉아 있었다.

"니가 여긴 웬일이냐?"

노인이 근엄한 얼굴로 화도댁 앞을 나서며 말한다.

"어무니 우리 경실이 경실이 어딨시껴."

"그 아인 이미 이 세상 아이가 아니니 그리 알그라."

"그래도 명색이 어민데 기별이라도 했으면 원한이나 없을 텐데 왜 기별하지 않았시껴?"

"넌 이미 황씨 집안의 사람이 아녀."

"어무니! 무슨 말씀을…"

"넌 유 씨 집안사람이여. 죽어도 거기 묻힐 사람이여."

"어무니! 미천하다고 하나 어미가 자식 보고 싶어 하는 것은 천륜인데 어쩌자고 어무니는 자꾸 이러시껴."

노인의 호령이 떨어진 것은 그때였다.

"어쩌자고 여긴 온 거여. 여긴 잊으라고 했잖어."

"지는 어미여서 왔시다. 못 올 때 왔시껴?"

화도댁은 조금도 굽히지 않고 소리쳤다.

"넌 팔짜 고친 년이여!"

"그런 말 마시껴. 등 떠밀어 보낼 때는 언제고 그런 말 하시껴?"

"넌 여기 발 들여놓을 자격이 없어."

"내 배 빌어 난 아이입니다. 전 그 아이의 어미구요."

"어미는 나여! 이 할미란 말이여. 밥을 굶겨도 내가 굶기고 죽여도 내가 죽이는 거여. 타고난 명이 그만하고 할미와 연이 다 되어서 간 걸 어쩌겠느냐. 그래도 여기까지 왔으니 무덤이나 보고 가거라."

소쿠리를 업어놓은 크기의 애기 무덤은 아직 흙이 마르지 않았다. 썩지 않은 육신이 그 안에 있을 거라 생각하니 화도댁의 애는 더욱 끓었다. 고꾸라져 우는 화도댁의 울음소리는 처연히 마을 천체에 울려 퍼졌다.

동네 어귀에서 그대로 돌아가라는 노인의 호령에도 화도댁은 아이들을 보고 갈 것을 조금도 굽히지 않았다. 하는 수 없이 노인은 화도댁을 데리고 집으로 갔다.

화도댁이 김포 벌로 돌아온 것은 다음 날이었다. 딸들을 품에 안고 하룻밤만이라도 자게 한 것은 자식을 잃은 어미에 대한 노인의 배려였다.

이튿날 김포 벌로 돌아온 화도댁은 어딘가 모르게 달랐다. 정신이 나간 사람처럼 멍하니 앉아 있다가 화들짝 놀라곤 했다. 화도댁이 강화에 다녀간 것은 아무도 알지 못했다. 샘재댁이 빨다만 빨래 광주리를 아무도 없는 집에 놓고 갔던 것이다.

유 씨는 하루 만에 달라져 돌아온 화도댁을 이상히 여겼지만 묻지 않았다. 전실 자식 선자와 언짢은 일이 있은 후 마음이 상해 저러는 것이려니 생각하고 있었다.

엊그제 조반 때의 일이다. 화도댁은 마루에 상 세 개를 봐 들이고 여느 때와 마찬가지로 경만과 부뚜막에 앉아 밥을 먹었다. 부뚜막은 겨울이면 그나마 따뜻해 괜찮았지만 여름이면 달구어진 화덕 덕분에 찌는 듯했다. 그렇지만 이곳으로 온 후 늘 그렇게 밥을 먹었다. 유 씨는 그런 모자가 안쓰러웠지만 화도댁이 알아서 하겠느니 하며 내버려 두었다.

그날 부뚜막에 흰쌀밥과 간 고등어 토막이 놓였다. 그것을 부엌을 지나다가 전실 딸 선자가 봤다. 선자는 마루로 뛰어올라 자신들의 상을 들여다보았다. 고등어는 유 씨 상에만 있을 뿐 자신들의 상에는 푸성귀뿐이었다.

"부뚜막에서 밥 먹는 이유를 알았어. 흰 쌀밥에 생선만 해서 먹이자는 속셈인 줄 모를 줄 알구. 아이구 분해. 여태껏 그렇게 살았던 거라구."

선자는 엉엉 울며 죽은 제 어미를 부르며 통곡을 했다. 전실 자식들 모두가 부엌에 놓인 쌀밥과 고등어를 보며 분해했다. 유 씨도 그 소란을 가만히 보고 있을 수만은 없었다. 가뜩이나 계모와 금슬이 좋아 질투하는 자식들이다.

부엌을 지날 때마다 선자는 부뚜막을 눈여겨보아 왔지만 늘 보리밥에 신 김치 쪼가리와 된장을 찍어 먹는 것만 보아왔다. 하지만 선자는 언젠가는 이런 일이 있을 거라고 짐작하고 열심히 부뚜막을 살폈다.

밥 먹다가 만 유 씨가 앞마당에 바가지를 힘껏 내던졌다. 바가지는 박살이 나서 흩어졌다. 이번에는 양동이를 던졌다. 양동이는 찌그러져 마당에 뒹굴었다.

"전실 자식 층하하면 나쁜 년이여. 나쁜 년!"

화도댁은 씩씩대며 소리를 지르는 유 씨 앞에 무릎을 꿇었다.

"잘못했시다. 용서해 주시겨. 다시는 이런 일 없도록 하겠시
다."

전실 자식들이 의기양양해서 빙 둘러서서 보고 있었지만 경만
은 그대로 부뚜막 고등어 토막 앞에 앉아 화도댁의 애걸 소리를
듣고 있었다.

"앞으로 또 이런 일이 있으면 용서하지 않을 거야. 알았어?"

"알겠시다. 고마워요. 성진 아부지. 헌데…"

"헌데 뭐요?"

"경만이 오늘…"

"뭐요? 어서 말을 해!"

"귀빠진 날이외다."

부엌에 앉아있던 경만은 고등어 토막을 뜨물 통에 내 던지고
뒷산으로 달리기 시작했다. 방금 전 먹었던 고등어 조각이 곤두서
넘어오는 것 같았다. 경만은 서서 토하기 시작했다.

저 들판을 가로질러 가면 한강이 나오고 그 한강을 따라 거슬
러 올라가면 강화가 나온다. 생선을 발라 가시에 붙은 살까지 경
만의 밥 위에 얹어 주고는 당신은 대가리와 뼈만을 씹어 뱉으시던
할머니가 계시다. 등에서 등으로 업어 주고 놀아 줄 누이들도 있

다. 경만은 서둘러 산을 내려 들을 향해 달렸다. 뒤에서 경만을 부르는 묵직한 유 씨 음성이 들렸다.

유 씨가 뛰어와 말없이 경만의 작지만 거친 손을 잡았다. 유 씨가 경만의 손을 잡고 간 곳은 공이네 방죽에 있는 논이었다. 구불거리며 흐르는 냇가에는 미루나무가 빽빽이 들어서 있고 그 개울 안쪽 굽은 쪽으로는 개간한 지 얼마 안 되는 유 씨 땅 세 마지기가 있었다. 거기에 유 씨는 둑을 만들어 쌓고 올해 처음으로 모를 냈다.

"이 땅은 장차 너와 너의 어머니 몫이다. 비록 개간한 지 얼마 되지 않았지만 내년부터 물관리만 잘 관리하면 곡식을 털어먹을 수 있을 게야.

난 안다. 넌 이담에 훌륭한 농사꾼이 될 거야. 될 성싶은 나무는 떡잎부터 알아본다고 하지. 넌 뭔가 달라. 부지런하고 참을성 있고 자기 분수도 잘 알고… 그리고 무엇보다 농사지을 수 있는 건강함을 주셨어. 하늘은 네게 훌륭한 농사꾼이 될 모든 것을 내려 주셨어. 비록 내 친자식은 아니지만 내 어느 자식보다 널 아끼고 기대할 것이니 그리 알아라. 넌 말이다. 이 아비하고 농사짓는 거야. 명심허도록 혀. 넌 훌륭한 농사꾼이 될 거야. 아암 내 알지. 틀림없어."

유 씨는 그렇게 말하며 경만의 손을 꼭 움켜쥐었다. 유 씨는 손바닥에서 어떤 힘이 느껴졌다. 작지만 거친 경만의 손이 유 씨의 손에 힘을 주었다.

화도댁이 탕개를 들고 장독으로 갔다. 유 씨는 그 일이 화도댁을 저렇게 정신 나가게 만들었다고 생각했다. 화도댁은 뜨겁게 달구어진 고추장 단지를 열었다. 거무스름하게 마른 켜를 비집고 고추장을 퍼냈다. 눅지도 되지도 않은 고추장을 탕개에 담았다. 화도댁은 장독을 잘 다독거려 주고 뚜껑을 덮으려는 순간 뚜껑이 요란한 소리를 내며 고추장 항아리로 떨어졌다. 항아리가 깨지고 고추장이 여기저기 튀었다.

화도댁은 넋이 나간 얼굴로 우두커니 서서 흩어진 고추장을 본다. 유 씨가 달려온다.

"임자 저리 가 있어. 여긴 내가 치울게."

화도댁이 툇마루 끝에 가 우두커니 앉는다. 유 씨는 사금파리 조각들을 줍고 나뭇잎으로 고추장을 싸서 두엄더미에 버린다. 화도댁은 그때까지 아무 표정 없이 앉아 있다.

"이리 좀 와 봐."

유 씨는 화도댁을 방으로 데리고 들어간다.

"뭔 일이 있는 거여?"

화도댁은 여전히 말이 없다.

"어휴 답답해 죽겠네. 우린 부부여. 말하지 못할 게 뭐요."

"미안허유."

화도댁이 겨우 입을 연다.

"임자 그러지 말고 말을 혀. 요즘 임자 어떤 줄 알어? 꼭 떠날 사람처럼 정신이 딴 곳에 가 있어. 난 말이여. 이젠 임자 없으면 못 살어. 임자도 알지? 선자가 한바탕 소동 피운 게 걸리기는 허는데 그러려니 허구 사려. 난 정말이여. 임자 없으면 못 살어."

"그래서가 아녀."

"뭐요?"

"지 일이어서 말씀드리지 않았시다."

"뭔 일이여."

"지 여식 하나가 죽었시다. 거길 갔다 왔시다."

애써 참고 있던 슬픔이 다시 밀려왔다. 우는 화도댁을 유 씨가 감싸 안으며 다독인다. 유 씨가 다감하게 다독여 주자 참았던 울음이 터져 나왔다. 유 씨가 눈물을 닦아주면 줄수록 화도댁의 눈에서는 눈물이 쏟아졌다. 유 씨는 흐느끼는 화도댁의 아픔을 한없이 어루만져주었다.

화도댁이 뒷산을 가로질러 빨래터를 다녀오는 길이었다. 어디선가 까르르대는 경만의 웃음소리가 들려 화도댁은 발을 멈췄다. 어릴 때 제 누이들과 어울려 지낼 때 웃던 웃음소리다. 화도댁은 소리 나는 쪽으로 발길을 돌렸다.

큰딸 등에 업힌 경만을 다른 딸들이 쫓았다. 경만을 업은 큰딸은 잡히지 않으려고 빙글빙글 돌면서 뛰어갔다. 잡으려는 딸들은 일부러 작게 종종걸음을 쳤다. 무엇이 저토록 재미있는지 경만은 고개를 젖히며 까르르 까르르 웃었다. 경만의 덩치가 커지고 딸들의 몸에 처녀티가 배어 있는 것만 다를 뿐 예전 강화 살 때 모습 그대로였다. 화도댁은 지금이라도 달려가 저 아이들을 품고 저렇게 살아가고 싶다는 강한 충동을 느꼈다.

딸들과 하룻밤 자고 떠나던 화도댁에게 노인이 말했다.

"너에게 모진 짓을 한 거여. 어제 돌려보내야 했어. 너에게도 아이들에게도 고통만 준 거시여. 명심 혀. 배고파 죽었다는 소린 흔히 들었어도 보고 싶어 죽었다는 소린 듣지 못했어. 보고 싶어도 참아야 허는 겨. 이 늙은이는 목숨 같은 손주도 떼놓고 사는데 그래도 넌 함께 살아가고 있으니 그것만 해도 어디여."

화도댁은 하룻밤도 재우지 않으려고 한 노인의 심사를 이제야 알 수 있었다.

"여긴 뭐 하러 왔는 겨!"

싸늘한 화도댁의 말은 들떠서 놀고 있는 모두에게 찬물을 끼얹는 듯했다. 웃음소리가 멈추고 일제히 화도댁을 처다보았다. 밤새 품에 끌어안고 쓰다듬던 그 어머니가 아니었다.

"여기는 니들이 올 데가 아녀. 어여 돌아가거라!"

둘째 딸이 엄니를 부르며 달려와 화도댁의 다리를 안으며 울며 말했다.

"보고 싶어 왔시다. 엄니두 경만이두 보고 싶어 왔시다. 엄니!"

"어여 돌아가."

"엄니 경만이와 하룻밤만 재워 주시겨. 그럼 돌아가겠시다."

큰딸이 나서며 말했다.

"엄니 그렇게 해 주시겨."

경만이 제 누이를 잡으며 말했다.

"지금은 때가 아녀. 이담에 경만이 커서 이 벌판 땅에 제 땅 가지고 농사 질 때 와서 며칠씩 묵고 가."

"엄니 그런 날이 올겨?"

막내가 물었다.

"올겨. 반드시 올겨. 오면 옛말하면 살날이 있을 껴. 어여 돌아가."

화도댁이 힘주어 말했다.

그때 경만이 의젓이 나서며 말한다.

"누님. 저 벌판을 보시겨. 난 얼른 커서 저 벌판에 내 땅을 가지고 농사 질 거여. 정말이여. 새아버지가 그랬어. 넌 커서 이 벌판에서 훌륭한 농사꾼이 되겨 하고… 난 말이여. 빨리 자라서 농부가 되고 싶어."

경만이 자랑스럽게 말한다.

"그려. 넌 뭐든지 할 수 있어. 할 수 있구 말구."

큰누이가 경만을 안으며 말했다

"경만아! 니 누이들 나루터까지 바래다주고 오니라. 나루터에 가거든 이 돈으로 빈대떡 한 장씩 사 먹고 가거라. 그리고 앞으로 이런 일 있으면 안 되는 겨. 알았느냐? 이걸로 뱃삯도 내고…"

화도댁이 주머니 속에서 돈을 꺼내주며 말했다.

"엄니! 알았시다."

큰딸이 앞장서 가고 그 뒤를 아이들이 따랐다. 하룻밤도 재우지 않고 그대로 보내는 화도댁은 눈물 한 방울 흘리지 않고 섭섭해 가는 아이들의 모습을 보았다. 화도댁은 이를 악물었다.

화도댁은 우물가로 가 며칠 전 캐다 쌓아 놓은 감자를 골랐다. 알이 적당히 큰놈은 송태미에 담았다. 그것은 겨울에 움에 저장했다가 싹을 틔워 씨감자로 쓸 셈이다. 공깃돌만큼 작은놈은 다른 함지박에 담았다. 그건 조선간장에 통째로 조릴 것이다. 통조림은 밥반찬으로 좋을 뿐 아니라 출출할 때 들락거리며 퍼다 간식으로 먹기에 좋았다. 화도댁은 썩고 벌레 먹은 감자 또한 버리지 않았다. 우물가 물동이에 넣어 푹 썩히면 벌레 먹지 않은 부분은 녹말이 되어 가라앉았다. 그리고 감자 썩은 냄새가 가실 때까지 물을 갈아주면 분가루 같은 녹말이 밑에 가라앉았다. 그것을 볕에 말리면 감자녹말가루가 되었다. 그건 여름 내내 강낭콩에 버무려 먹기도 하고 송편으로 빚어 먹기도 했다. 나머지는 가마니에 넣어 헛간 모퉁이 그늘에 두고 여름내 반찬으로 쓸 것이다.

화도댁은 씨감자 심을 때 생각이 났다. 움에서 싹을 틔운 감자의 씨눈을 적당한 크기로 잘랐다. 그러나 무턱대고 씨눈 숫자만큼 자르는 것은 아니었다. 감자가 싹이 나서 자랄 만큼의 양분을 남겨 두어야 한다. 감자는 씨감자에서 양분을 취하며 자란다. 그러다가 뿌리가 내려 스스로 양분을 흡수할 때서야 비로소 어미에게서 독립하는 것이다.

감자줄기를 뽑으면 조랑조랑 매달려 나오는 하얀 감자알들을 볼 수 있다. 그 사이로 썩어 빈 쭉정이가 되어 딸려 나오는 감자가 있다. 씨감자다. 화도댁은 언젠가 감자 캘 때 그 모습을 보며 시어머니가 했던 말을 떠올렸다.

"에미야! 우리가 비록 뱃사람의 아낙이 되었지만 여자로서 할 일은 해야 하는 겨. 천하면 천한 대로 귀하면 귀한 대로 대를 잇게 해 주어야 우리의 소임이 끝나는 거여. 그래야지 죽어서도 조상님들 얼굴을 떳떳이 볼 수 있는 겨. 한 남정네의 아낙으로 절개를 지키다 죽는 것도 중요하다만 가문을 새로 일으키기 위해 절개를 버릴 수도 있어야 하는 겨. 여자는 말이여. 이 씨감자 같은 거여. 자식이 제 역할을 할 때까지 제 살을 베어 먹여 살리는 씨감자 같은 거여."

「잔치국수」「분천」「어린 농부」를 읽고

강진철(법학박사)

1. 서평 아닌 독후감을 쓰는 이유

이 책을 쓴 강명희 소설가(이하 저자)는 이 글을 쓰고 있는 나의 둘째 누나다. 저자는 1955년생 나는 1957년생이다.

우리나라 소설집은 언젠가부터 대부분의 책의 말미에 해설이 들어가 있다. 이는 작품을 제대로 이해하는 데 도움이 되기 위함이다. 그런 해설은 주로 평론가가 쓴다. 이렇게 비전문가인 동생이 쓰는 경우를 보지 못했을 것이다. 그래서 좀 의아하고 뜻밖이라 느낄 것이다.

작품 해설을 동생이 하는 것은 아무래도 객관성이 떨어지는 것처럼 보인다. 작품 해설도 비평이라는 문학의 한 부분이라 객관성은 필수적이다. 비평가는 정당하고 공정하게 작품을 평가하고 해설해야 하는데 피붙이는 아무래도 부당하게 작가의 편을 들 가능성이 있다고 보는 것이다.

그렇지만 많은 해설을 보았지만 작품을 어떠한 관점에서 볼 것인가에 관한 작품 분석도 많지만 작품의 장점만을 우호적으로 부각시키는 경우가 대부분이다. 하기야 해설을 부탁 받은 사람은 대부분 저자와 이렇게 저렇게 아는 사람인데 매정하게 단점을 거론하기가 좀 그렇다.

여기서는 평론 형식이 아닌 독후감 형식으로 나의 느낌과 경험을 가미하여 책 읽은 소감을 자유롭게 피력하려 한다. 독후감은 저자의 의도를 파악하거나 요약하는 것이 아니라 이 책을 텍스트로 하여 독자인 나의 생각을 펼치는 것이다. 특히 작품이 쓰인 배경을 내가 알고 있는 한도 내에서 보충할 생각이다. 작품 이해에 도움이 되었으면 좋겠다.

또한 평론 아닌 독후감을 쓰게 된 중요한 동기는 그동안 이런저런 책을 보고 뒤에 붙어 있는 해설을 읽었는데 그러한 해설들이 대부분 맘에 안 들었다. 많은 해설들이 기본적으로 글에 과도하게 힘이 들어가고 형식에 치우치고 어려운 단어를 사용했고 난해하고 길어서 끝까지 읽기가 힘들었다. 그러한 문제점을 의식하면서 이 독후감을 썼다.

2. 소설의 역사성

소설은 픽션이다. 그렇지만 그 픽션은 대체로 논픽션에 근거하고 있다. 여기에 나오는 이야기들도 다 그렇다. 저자는 직·간접적으로 들은 이야기를 바탕으로 상상력을 가미하여 드라마틱하게 전개하고 있다.

저자의 이전의 소설도 그렇지만 이 소설집에는 우리가 살아온 과거에 대한 탐구가 주를 이룬다. 과거에는 그 당시의 시대 상황과 우리 조상들의 삶의 흔적이 함께 들어 있다. 소위 이런 것을 미시사微視史라고 한다. 거시적인 역사적 구조보다는 인간 개인이나 소집단의 삶을 탐색하고 기술하는 역사연구방법론이다.

소설을 통한 이러한 역사 서술은 소설가 고故 박완서 님이 모범적으로 잘 보여주었다. 그분은 아버지가 일찍 돌아가시고 겪어야만 했던 해방 전후의 불안했던 삶, 한국전쟁의 와중에서 일어났던 오빠와 백성들의 죽음과 참상, 전후의 인간들의 비루한 모습들을 탁월하게 잘 서술하였는데 그것들이 다 우리의 소중한 역사이다. 박완서 님은 참혹했던 그 시절과 죽음들을 증언하고자 소설가가 되어야겠다고 결심했다.

"내가 살아낸 세월은 물론 흔하디흔한 개인사에 속할 터이나, 펼쳐 보면 무지막지하게 직조되어 들어온 씨줄 때문에 내가 원하는 무늬를 짤 수 없었다. 그 부분들은 개인사인 동시에 동시대를 산 누구나가 공유할 수 있는 부분이고, 현재 잘 사는 세상의 기초가 묻힌 부분이기도 하여 부끄러움을 무릅쓰고 펼쳐 보인다."
　　　－박완서,『그 산이 정말 거기에 있었을까』작가의 말에서

우리가 국사 시간에 배운 것은 주로 왕조와 나라 중심의 역사였다. 그런 것만이 역사인 줄로 알았다. 그렇지만 이런 소설에 나오는 얘기도 생생한 역사이다.

「어린 농부」는 우리 집안의 가족사다. "갯벌을 치맛자락처럼 두르고 있는 섬" 강화도에서 낯선 김포로, 딸들을 남겨두고 아들 하나만 데리고, 중신어미의 말만 믿고, 얼굴 한번 못 본 사람에게로 재가한 분은 우리 증조할머니고 데리고 온 아들은 5대 독자였던 우리 할아버지다. 아득하고 짠한 이야기지만 1910년쯤에 일어난 실화다. 그런 과정에서 험난했지만 좌절하지 않고 모질고 굳세게 살아남은 내 조상의 얘기다.

오대 독자 어린 농부가 김포 벌판에 정착하여 성장하고 결혼하고 6남 2녀를 낳았고 그 자녀들이 결혼해서 27명의 손자 손녀를 낳았다. 그 손자 손녀들이 그리고 그 후손들이 지금도 계속해서 자손이 번성하고 있다.

이 소설에는 안 나오지만 어린 농부는 그 격동기에 새 삶을 시작하며 살아가느라 또 자식들 공부시키느라 고생이 많았다. 조선 말기에 조선이라는 나라와 거의 같은 시기에 몰락했던 우리 집안은 다행히도 새로운 김포 땅에 이식되고 정착하여 재기를 할 수 있었다. 이 과정에서 저자도 나도 존재한다.

우리 집안이나 박완서 님 집안의 역경보다 더 험한 인생을 산 사람도 많다. 지금도 지속적으로 닥쳐오는 고난을 극복하지 못하고 어렵게 사는 사람들도 있겠다.

내가 어렸을 때인 1960년대만 해도 지금은 어떻게 설명할 수도 없는 미신도 귀신도 도깨비도 전설도 많았다. 지금보다는 훨씬 많은 자녀들을 생산했지만 억울하고 어처구니없는 죽음도 흔했고 떠나서 돌아오지 않는 사람도 있었다. 일제 강점기와 한국전쟁으로 점철된 그 전前시대에서는 물론 그 이후에도 독재와 폭력과 가난과 절망은 일상적이었다.

그럼에도 불구하고 백성들은 더 나은 삶을 모색했고 기회를 찾아 고향을 등지고, 재가도 하고, 낯선 지역 다른 세상으로 떠났고, 열심히 일을 했다. 이런 평범하고 일상적인 우리의 삶 모두가 우리 백성들의 특수하고 개별적인 역사다. 이런 이야기는 누군가에 의하여 쓰여져야 역사가 된다. 쓰이지 않은 역사는 흔적도 없이 기억 밖으로 사라진다. 이 소설은 개별적인 가족사의 한 부분이지만 그 이후의 삶을 다 정리하면 대하소설 감이다. 이런 개별적인 삶들이 모여 우리 백성들의 보편적인 삶이 되었고 역사가 되었다.

1960년대 서독으로 간호사와 광부로 간 우리 누님들과 형님들의 고생한 이야기도 다 그렇다. 이 소설에는 서독으로 간 간호사가 한글이나 겨우 읽고 독일어도 모르는 황당한 상황이 나오지만 그때는 지금보다는 허술했던 상황이었음을 감안해야 한다. 그리고 말이 간호사지 처음에는 험한 일을 도맡아 했다고 한다. 당시에 서독은 잘 사는 기회의 땅이었다. 그들은 새로운 기회를 찾아서 혹은 가난으로부터 탈출하기 위하여 자원하여 독일로 갔다. 우리나라 사람들은 해외의 어디로 이주를 하든 억척같이 일하고 자녀교육에 열심이었다.

돌이켜 보면 그분들의 노고와 희생이 우리나라 근대화의 밑거름이 되었다. 서독뿐만 아니라 열사熱砂의 땅인 중동으로 아프리카로 동남아시아로 돈 벌러 나갔고 미국으로 남미로 이민을 갔다. 근대화라고 하는 거대한 담론 아래 숨겨져 있는 개별적인 사람들의 역사를 기억해야 하는데 이 소설이 그런 사람들의 발자취를 상기시키고 있다.

3. 세태소설

이 소설은 세태소설이다. 이런 유의 소설은 어떤 특정한 시기의 풍속이나 세태의 한 단면을 묘사하는 것을 목적으로 하는 소설 양식이다. 대표적으로 1930년대 서울 청계천에 사는 인간군상의 모습을 보여 주는 박태원의 소설 『천변풍경川邊風景』을 꼽는다. 이런 소설에는 그저 사실만 서술할 뿐 누구의 어떠한 행동이 나쁘거나 부도덕한 행위라는 훈계조나 계몽적인 서술이 나오지 않는다. 그 당시 남자들이 바람을 피우고 첩을 두고, 첩을 두고도 또 바람을 피우고, 도박을 하고 대낮부터 술을 먹고 마누라 패고, 시어머니가 며느리에게 가혹하게 시집살이시키는 것을 그저 담담하게 서술한다.

이 책에도 다채로운 이야기가 나온다. 딸들을 시어머니에게 맡겨두고 아들만 데리고 재가를 한다고 해도, 축첩을 하여 한집에 3명의 부인이 있다고 해도, 부인이 애써 벌어온 돈을 남편이 다 날려도, 부인이 남편을 두들겨 패도 그것들에 대한 서술만 나오고 평가는 하지 않는다.

「분천」에 나오는 이야기도 거의 실화에 가깝다. 김포 우리 동네 이야기다. 무대만 김포에서 분천으로 바꾸었을 뿐이다.

예쁘고 똑똑한 딸이 죽자 상실감에 집을 나갔던 여재가 40년 만에 죽기 직전의 모습으로 집으로 들어오는데 본처는 순순히 받아들인다. 이 행동을 어떻게 이해해야 하는가? 용서가 아름답다고 해야 하나? 버림받았던 쌍둥이 아들들에게 용서를 기대할 수 있을까?

판단은 독자의 몫이지만 당사자가 아닌 그 누구의 섣부른 평가도 적절하지 않다. 반면에 세속적인 삶을 '리얼'하게 그려낸 박완서 님의 소설에는 전체적으로 그 어떤 상황에 대하여 호오好惡가 뚜렷했고 정직하고 안온한 삶에 대한 그리움을 일관되게 표출하고 있다.

「어린 농부」에는 남편을 여읜 뱃사람의 아낙이 딸들을 시어머니에게 맡기고 아들 하나 데리고 재가한다. 당시에는 아들 많은 집에 양자를 들이면 그 집 아들들이 더 잘된다는 속설이 있었다. 앞에서도 언급했듯이 우리 집안에도 아버지 남자 형제들이 6명이 었는데도 한 명의 양자가 있었다. 지금 생각해 보면 어처구니없는 얘기지만 그때는 다들 그렇게 믿고 따랐다.

지금도 그런 경우가 있지만 재가할 때 자식들을 친정이나 시집에 남겨두고 가는 경우도 있었다. 「어린 농부」에서 시어머니는 재가를 종용한다. 그 상황에서 그 누구에게도 쉽지 않은 결정이겠지만 그렇게라도 새 삶을 시작해야 하겠다는 본인의 의지와 고뇌에 찬 결단 그리고 누군가의 희생이 있어야 했다. 이 부분에서는 그러한 처지에 놓여 있지 않은 타인의 평가는 의미가 없다.

「페어드(馬)」에서는 본처와 첩들이 그리고 그 자녀들도 사이좋게 지내는데 실제로는 아마도 그렇지 못한 경우가 더 많았다. 서로 시기 질투하고 자식들이 태어나면 관계가 더 복잡했다. 그 과정에서 생겨날 수밖에 없는 소외와 단절과 고통은 여성의 몫이었다. 남성이 아닌 여성의 문제였기에 간단하게 무시되었다. 조선시대에는 물론 일제강점기에도 널리 퍼져 있던 축첩제도는 1960년대 들어와서 쿠데타로 정권을 잡은 박정희가 축첩한 사람을 공직에서 내쫓기 시작하면서 점차 사라져가는 것처럼 보이지만 지금도 암암리에 계속 존재한다.

독일 얘기 3부작은 독일에 사는 70세 전후의 홀로 남은 여성들 이야기다. 남편들은 죽었거나 떠났거나 떨어져서 산다. 자녀들도 원래부터 없었거나 죽었거나 떠났거나 떨어져서 산다. 간호사로 그리고 초청 이민 케이스로 독일에 와 열심히 일해서 가난에서는 벗어나 그럭저럭 먹고살 만해졌지만 인간관계는 어긋났고 그럼에 도 혼자서 씩씩하게 늙어 가는 여성들 이야기다. 이 소설들을 읽 다 보면 서로가 더 이해하고 협조하며 화목하게 살았으면 더 좋겠 다는 그런 안타까운 마음도 생겨나지만 그것도 우리네 삶의 모습 이다.

4. 작품 속에 나타난 농사

이 책에는 농사짓는 얘기가 많이 나온다. '어린 농부'가 낯선 땅 에 정착하여 살림을 일구는 방법도 농사이고, 「분천」에서 남편인 여재가 떠나갔지만 남은 문양이 엄마가 견디는 방법도 농사일이 다. 저자의 이전 소설책에도 이 책에도 농촌 태생답게 그리고 농 부답게 농사 이야기가 계속해서 나온다.

우리나라가 산업화되기 전인 1960년대까지만 해도 농자천하 지대본農者天下之大本이라는 구호에 걸맞게 우리나라 사람들 대부 분은 농업에 종사하였고, 농부가 특별한 경우가 아니었다. 지금은 농촌 얘기가 향수를 불러일으키는 특별한 얘기가 되었다.

어린 시절의 추억이 생의 밑돌이 되는데 저자와 나는 3면이 넓 은 평야로 둘러싸인 김포 벌판에서 중학교까지 다녔다. 논농사 문화와 농촌의 정서를 자연스럽게 터득할 수 있었다. 그 시절 농촌의 경험은 우리에게 여전히 정신적 본거지이고 기억의 화수분이다.

1960년대까지만 해도 내가 살았던 김포는 대부분의 사람이 농업에 종사했다. 농번기에는 품앗이하면서 서로 사이좋게 지냈다. 보릿고개를 모를 정도로 적당히 풍요로웠고 사람들이 순박했다.

저자와 나는 여름이면 들판에 나가 지천으로 널려 있는 "개구리와 메뚜기를 잡았고, 그 개구리를 삶아 닭 모이에 풀과 함께 섞어주면 닭은 토실토실 살이 쪄 굵은 알을 낳"았고 가끔 그 닭을 잡아 여섯 식구가 몸보신을 했다.

예전에는 비가 많이 오면 김포 그 넓은 평야가 물에 완전히 잠겨 그야말로 물바다였다. 그러면 벼가 제대로 여물지 않아서 쌀 품질도 안 좋았고 수확량이 확 떨어졌다. 지금은 추수를 벼 베는 기계로 단 한 번에 하지만 그 당시에는 벼 베고 말리고 볏단으로 묶고 세우고 마차로 끌어들이고 타작하는 그 힘든 과정에

"비라도 오면 두 배 세 배 힘들었다. 긴 가을장마라도 만나면 베어놓은 벼에서 싹이 나고 볏단이 썩어들어가 사람의 힘으로 어쩔 수 없었다. 사람들은 하늘을 우러러보며 농사는 사람이 짓지만 먹게끔 해주는 것은 하늘이라고 말하곤 했다."

지금도 곳곳에서 잡초와 병충해와 싸우며 수확의 기쁨과 보람

을 맛보기 위하여 농사를 짓는 사람들이 많다. 저자 역시 '분천'으로 귀향해서 농사짓고 있다. 이 책 곳곳에 나오는 농사에 대한 세밀한 묘사는 직접 경험 없이는 나올 수 없다. 공직에 계셨던 아버지도 퇴직 후에 고향에서 농사를 지으셨고 지금은 큰누나도 아래 여동생도 농사짓고 산다.

5. 글쓰기 유전자의 진행성

아버지께서 글을 잘 쓰셨다. 대학신문에 소설을 발표하기도 했다고 한다. 그런 아버지의 재능은 자식들이 줄줄이 태어나자 생활 속에 묻혔다. 아버지는 퇴직 후 동아문화센터에 소설작법을 배우러 다니셨다. 나 역시 지금 수필을 배우러 다니고 있는데 아버지의 모습과 크게 다르지 않다. 집안 이야기를 여기에 끌어내는 것은 강명희 작가가 소설을 쓰고 내가 이렇게 잡문이라도 쓰는 것은 아버지 유전자 영향이란 생각이기 때문이다. 사람에게 집안의 성향과 타고난 유전자는 무시할 수 없다.

이 책에는 아버지의 이야기가 나온다. 당시에는 근검절약이 필수였고 미덕이었다. 말년에 아버지는 "추운 겨울날 따뜻하게 난방을 하고 사는 것이 오히려 불편하다"고 했을 정도로 난방비조차 아꼈다. 부모님이 아파트에 사셨는데 겨울에 가면 우리가 맨 먼저 하는 것이 실내 보일러 온도를 높이는 것이었다. 아버지는 자식들에게 글쓰기 유전자뿐 아니라 근검절약의 유전자도 물려주셨다.

이 책에는 저자 자신의 이야기도 있다. 「분천」의 문양이 친구인 소설 쓰는 윤희다. 국문과에 진학하여 꾸준히 소설공부를 했지만 팔리지 않는 소설집을 계속 출간하여 동호인이나 지인들에게 돌려야 하는 서글픈 이야기다. 지금까지 저자는 세 권의 소설집을 냈고 이 책이 네 번째 소설집이다. 그나마 『65세』가 재판을 찍어 "작가들의 소원"인 인세를 받았다. 저자도 그렇지만 나도 참가하고 있는 독서 모임들에서 이 책을 선정해서 읽었고 지인들에게 밥 사주면서 책을 선전하였다.

지금은 소설가로 등단하는 길이 많이 있지만 1970년대까지만 해도 신문사의 신춘문예 당선이 거의 유일한 길이었다. 저자가 공부를 시작한 첫 해 중앙 일간지 두 곳에 각기 다른 작품이 최종 후보에 올랐다. 요즘도 그렇지만 매년 1월 1일 자 신문에 신춘문예 당선자 이름과 작품이 발표된다. 당선작의 작품평이 최종심에 올라왔지만 탈락한 작품 평도 함께 실린다. 그때 탈락자에 '강명희'라는 이름이 거론되었을 때 나는 곧 누나가 작가가 될 것이라고 믿어 의심치 않았다.

작가는 학교를 그만두고 아이를 낳고 기르면서 책 장사도 하였다. 책 장사 도중에 지방신문으로 등단하였다. 그 이후에도 소설은 계속 썼지만 책 장사를 하느라 바빠 첫 소설집은 등단 10년 후에나 발간되었다. 아마도 제때 중앙 일간지에 등단했으면 유명세를 타고 더 많은 활약과 명성을 얻을 수도 있었을 터인데 애석하게도 간발의 차이로 최종심에서 탈락되고 지금까지도(중견 작가이기는 하지만) 무명작가다. 무명작가의 책은 주로 지인들만 사서 본다. 이런 것이 팔자이고 운명인가 보다.

문학 분야에는 각광 받는 유명인보다는 무명인들이 훨씬 많다. 무명작가들은 자기가 좋아하는 글만을 쓰면서 밥벌이하기가 만만치 않다. 모든 예체능 공연 예술 분야도 대개 그렇다. 우리는 유명한 스타들에게만 갈채를 보낸다. 그런 스타들은 물론 실력이 있지만 행운이 따라 준 사람들이라고 나는 본다. 나이 먹으면서 더 느끼는 것이지만 살아가는 데에는 재능도 중요하지만 운運도 중요하다. 운칠기삼運七技三이 딱 맞는 얘기인 것 같다.

6. 유튜브 시대를 살아가는 작가

요즘 강명희 작가의 소설이 책 읽어 주는 유튜브를 통해서 많이 읽혀지고 있다. 하나의 사례를 들어 보면 저자의 두 번째 소설집인 『서른 개의 노을』에 나와 있는 중편소설 「약속」은 2시간 32분짜리인데도 불구하고 25만회의 조회수와 5.9천개의 '좋아요'가 기록되고 있다. 댓글만도 220개가 달렸다. 두 번 세 번 들었다는 사람에, 울면서 들었다는 사람도 있다.

"슬프고 아름답고 따뜻한 사랑이야기. 넘 슬프고 가슴 시려 아쉬움에 울었습니다."

"눈물 샘 폭발입니다."

"우리 삶에서 만나는 모든 인연이 우연이 아님을 한 번 더 생각하게 하네요."

"친구와의 아름다운 약속을 지킨 셈이네요."

이런 댓글에도 수십 개의 '좋아요'가 기록되어 있고 지금도 계속 조회 수가 올라가고 있다. 이 정도면 엄청나게 인기가 있는 것이다. 어떤 식으로든지 입소문을 탄 것 같다. 유튜브에서 '강명희 소설'을 검색하면 나오는데 다른 작가의 소설들도 이 정도는 아니지만 수만 회의 조회 수를 기록하고 있다.

나 같은 사람은 소설을 당연히 책으로만 읽는 줄로 알고 있었는데 유튜브가 대세라더니 유튜브로 소설을 듣는 인구가 이렇게 많다니 참으로 요상한 세상이다. 하기야 장편소설보다는 단편-중편 소설인 작가의 작품들이 저런 유튜브에는 적당하겠다. 물론 작가의 동의도 받고 약간의 저작권료도 주지만 그렇다고 책이 더 많이 팔리는 것도 아니다. 이것도 요상하다. 유튜브로 소설을 듣다 보면 책도 사고 싶어지는 것 아닌가? 저런 유튜브가 책 선전 효과가 없다 보니 유튜버들에게 책 읽어 주는 것을 계속 허락해야 하는가에 대하여 저자는 고민하고 있다고 한다.

7. 장점들

얼마 전에 심심해서 저자가 쓴 3권의 소설을 다시 읽었다. 전에도 몇 번씩 읽었던 소설들이 나이 탓이겠지만 어떤 것은 처음 읽는 것처럼 생소했다. 그러면서 이야기꾼으로서의 작가의 소질과 능력을 새삼 느낄 수 있었다. 모든 작품이 일정 수준과 긴장을 유지하고 있었다. 이야기를 구성하고 전개하고 심리-상황-자연을 묘사하는 솜씨가 나무랄 데가 없었다. 그래서 작가에게 "나는 누나가 왜 아직까지 무명인지 이해하지 못하겠다"고 문자를 보냈다.

강명희 작가는 소재를 글로 꾸미는 구성력이 탁월하다. 직 · 간접적으로 보고 들은 소재들 중에서 인상적으로 다가올 수 있는 소재를 잡아 그럴듯하게 이야기로 엮는다. 독일 얘기 3개가 그렇다. 다 실제로 독일에 홀로 사는 여인들의 삶이 모티브가 되었는데 그녀들의 절절한 사연을 적절한 상상력을 동원하여 담담하게 그려낸다. 어떤 내용들은 좀 자극적이기도 하고 충격적이기도 하지만 이색적인 소재들을 편안하게 무리 없이 스토리로 전개해 나가고 있다. 이 정도 수준에 오르기 위하여 수십 년 동안 꾸준히 갈고 닦은 수련의 과정이 있었겠다.

「페어드(馬)」가 특히 그러하다. 이 소설은 작품의 완성도가 높고 내용도 참신하다. 우리에게 생소한 말(馬)을 등장시켰는데 말에 대한 사육 과정과 주인공과의 사연, 그리고 무녀도에서의 어린 시절 이야기와 남편과 만나고 헤어지는 상황을 섬세하고 매끄럽게 엮어내고 있다. 독일에서의 눈과 무녀도에서의 소금꽃을 이렇게 비유하고 있다.

"나는 사랑이 발바닥에 아이젠 박는 모습을 차마 볼 수 없어 밖으로 나왔다. 아직까지 진눈깨비가 내린다. 눈이 녹아가면서도 제법 질퍽하게 쌓인다. 꼭 아버지가 개간한 광활한 염전 결정지에 소금꽃이 피어나는 모습이다. 결정지에서 밀대로 소금을 모으면 꼭 저 모양으로 바닷물과 섞인 소금꽃이 피어난다."

우리가 잘 몰랐던 말에 대한 호기심도 충족시켜주고 있지만 이국땅에서 사랑하는 말과 애완견과 함께 살아가는 여인의 당당하지만 좀 쓸쓸한 삶이 가슴이 시리도록 애틋하게 전달되고 있다.

이야기를 전개하는 방식도 다양하다. 〈뒤셀도르프 발 정오열차〉에서는 중요 인물이었던 그 '분자'가 「잔치국수」에서는 화자가 된다. 또 「페이드」 속에는 양로원에 들어간 분자가 간접적으로 나온다. 세 작품은 연작 소설인데 상황이 전환되는 묘한 분위기를 느껴보는 재미도 있다. 그 분자의 인생은 말년에 호화 요양원으로 갈 수 있는 경제적 여유를 확보하였기에 성공한 삶이라고 볼 수 있지만 그래도 뒷모습이 애처롭다.

나는 책을 많이 읽는 편이다. 독서모임을 오래 해서 소설책도 다양하게 읽었다. 국내소설이든 외국소설이든 요즘에는 주로 기발한 상상력과 교묘한 글 솜씨만으로 두각을 보여 베스트셀러가 되는 경우가 많다. 시대적인 상황이나 고민들, 세속적인 삶의 모습들은 제외되고 구체적인 삶과는 관련 없는 작위적인 상황이나 사건들이 주를 이룬다. 저런 상업성이 있는 작품들은 우리 같은 중늙은이가 아니라 주로 젊은이들을 겨냥한다. 취향의 차이를 인정한다. 하기야 예전에 조상들이 고생한 이야기나 농사짓는 내용은 젊은이에게는 매력이 없겠다.

하지만 우리에게는 저자와 같은 리얼리스트가 필요하다. 평범하고 일상적인 각자의 삶을 생동감 있게 다각적으로 조명하면서 현실의 모습을 보여주어야 한다. 과거든 현재든, 국내에서든 해외에서든 남루하지만 고달프고 외로운 삶을 견디며 살아가고 있으며 병들어가고 늙어가고 죽어가고 있는 그런 이야기는 계속 쓰여야 한다. 독자들은 거기에서 공감을 느끼고 위안을 받을 것이다. 소설의 효능은 바로 그런 것이다.

저자의 소설 쓰기는 계속될 것이다. 저자에게 소설은 "하고 싶은 거"고 "삶을 지탱해 주는 힘"이고 "삶의 전부"이다. 저자가 건강하게 오래오래 "자식이 제 역할을 할 수 있을 때까지 제 살을 베어 먹여 살리는 씨감자" 같은 소설을 쓸 수 있기를 기원한다.